印尼初級華語課本

Bahasa Mandarin Tingkat Dasar Versi Indonesia

apa

讓我們跟著哈山一家，
進入奇妙的華語世界！

KaBaR

宋如瑜、黃兩萬
林相君、蔡郁萱
蔡佩妏、蘇家崢
姚淑婷、林孝穎　著

Song Ru Yu　　Liong Ban　　Lin Xiang Jun　　Cai Yu Xuan
Cai Pei Wen　　Su Jia Zheng　　Yao Shu Ting　　Lin Xiao Ying

編 者 的 話（**Prakata**）

近年來，世界上學習華文的人口逐年增多，掀起一股前所未有的華語熱。印尼在禁華文三十多年後，也全面開放了華文教育。然而，現在在市面上仍不易找到一套為印尼學生量身訂做，且能引起教與學雙方共鳴的教材。有鑑於此，臺灣、印尼兩地的華語教學者便著手編寫了《印尼初級華語課本——Apa Kabar》。期能使學習者在有趣的氛圍下，習得華語的聽、說、讀、寫能力；而教學者也能在貼近印尼生活的主題中，引領學子體驗不一樣的華語世界。本教材依循以下五個原則編寫：

一、針對性

本教材針對較被動、缺乏興趣的幼年學習者，提供了結合當地文化及目標語文化的主題。同時在課文、生詞及語法等部分，附上了完整的印尼文翻譯，以協助學習者自學，並提高其學習動機。

二、實用性

為使學習者在真實的情境中能有效地溝通，本教材均以日常生活的語言為素材。考慮學習者的華文基礎可能各不相同，因而設置了第零課，其內容包括漢語拼音、基本華語和簡單課堂用語介紹等，使初學者能輕鬆地將既有知識與教材內容做銜接。

三、循序漸進性

本教材遵循由易到難、以舊帶新的原則編寫，也強調生詞、語法點的複現率。在語法點的展示上，多利用明確、易懂的圖表來協助學習者吸收。教材安排的順序為：課前活動、主課文、生詞表、語法點及練習、課堂小活動、課後練習及平行閱讀、漢字練習、知識知多少等，務使教學更有系統，也更加流暢。

四、趣味性

　　試圖跳開傳統的語言教學方式，無論是選材還是設計都儘可能豐富、多元。為使教學生動活潑，書中加入了課前暖身活動、課堂小活動、遊戲等來活化課堂。每課也介紹文化知識，使學習者在學華語的同時，也能連結其他知識，完成跨領域的知能發展。教材的插圖是以符合印尼文化的角色人物來貫串，具故事性，可增加學習的興味。

五、科學性

　　教材內容、組織符合規範，且為華人社會通用的語言。在漢字練習部份，依據高頻部件挑選漢字，以作為漢字書寫練習的基礎。書後也提供完整的生詞索引，以便學習者查詢、複習。

　　「掌握華語，掌握世界」實為未來的趨勢，希望能藉由此教材的出版，使印尼地區的華語學習者獲得愉快的學習經驗，以及持續學習的熱忱。

編者

2007.07.19

Daftar Isi

印尼初級華語課本

第一冊

4

課 本 裡 的 人 物 與 家 庭
kè bèn lǐ de rén wù yǔ jiā tíng

哈林一家人是這本書的主要人物，他們的造型取自印尼當地的特色，如香料、火山地形等。人物的頭頂上都有一根星星棒，象徵著新一代的印尼子民。

Tokoh-Tokoh dan Keluarga Dalam Buku Ini

Seluruh anggota Keluarga Halim merupakan tokoh utama dalam buku ini, model mereka diambil dari keunikan Indonesia, seperti rempah-rempah, topografi gunung berapi dsb. Di atas kepala para tokoh masing-masing terdapat setangkai bintang, yang melambangkan generasi baru bangsa Indonesia.

爸 爸
bà ba

最普通的人。

Papa

Orang awam yang paling biasa.

媽 媽
mā ma

媽媽是個賢慧的家庭主婦，平常都戴著她最喜歡的珍珠項鏈。珍珠項鏈象徵印尼眾多的島嶼。

Mama

Mama adalah ibu rumah tangga yang berbudi luhur, biasanya mengenakan kalung mutiara yang digemarinya. Kalung mutiara melambangkan pulau-pulau di Indonesia.

哈 山
hā shān

哈山是個有正義感的男孩，在他的頭頂上有一座火山。只要有不平等的事情，火山就會爆發！頭頂的造型代表著印尼的活火山。

Hasan

Hasan merupakan cowok yang mempunyai rasa keadilan. Di atas kepalanya terdapat sebuah gunung berapi. Ketika melihat hal yang tidak adil, gunung berapi akan segera meletus! Model di atas kepala menunjukkan gunung berapi aktif Indonesia.

燕 妮
yàn nī

燕妮是哈林家的長女，氣質優雅出眾，像仙女一般飄逸。她還有一頭白色絲緞般的秀髮，而白色也代表了印尼國旗中的純潔與自由。

Yanni

Yanni adalah putri sulung Keluarga Halim, berkepribadian menonjol dan anggun, bagaikan bidadari yang luwes. Ia memiliki rambut putih indah bagaikan sutera, yang menyatakan makna warna putih dari Bendera Kebangsaan Indonesia, yakni murni dan bebas.

雅 妮
yǎ nī

雅妮是哈林家最小的女孩。她是個活潑的小女生，身上總是彌漫著香氣，容易引來昆蟲。也是因為這樣的特點，容易讓人聯想到印尼這個盛產香料的地方。

Yani

Yani merupakan putri bungsu Keluarga Halim. Dia adalah gadis kecil yang lincah, badannya senantiasa diselubungi bau wangi, sehingga mudah mengundang serangga. Karena ciri khas ini, membuat orang senantiasa mengasosiasikan dengan Indonesia yang kaya akan rempah-rempah.

哈 林
hā lín

哈林是家中的長男，是個很幸運的孩子，他有一頭黃色的頭髮，而印尼當地人也深信黃色是吉祥的顏色。

Halim

Halim adalah putra sulung dalam keluarga, merupakan anak yang sangat beruntung. Dia memiliki rambut kuning dan di Indonesia, orang setempat juga sangat menyakini bahwa kuning adalah warna keberuntungan.

弟 弟
dì di

弟弟個性沈默，出現的頻率極低，也許是因為他臉上有著多如島嶼的痘痘，使得他不敢見人。

Adik Lelaki

Adik lelaki berwatak pendiam, sangat jarang tampil. Hal ini kemungkinan disebabkan oleh terdapatnya jerawat yang tumbuh bagaikan kepulauan di mukanya, sehingga membuatnya tidak berani menemui orang.

STAR

這是哈林家飼養的狗，常常帶著它的紅色包袱離家出走。

STAR

Ini adalah anjing peliharaan Keluarga Halim, sering minggat dari rumah dengan membawa buntelan merahnya.

其 他 人 物： Tokoh-Tokoh Lain
qí   tā rén wù

安 妮
ān nī

安妮是喜歡哈林的小女孩，臉上有著淡淡的雀斑。

Anni

Anni adalah gadis kecil yang menyukai Halim, di mukanya terdapat bintik-bintik halus.

阿 民
ā mín

阿民是哈山的好朋友,面惡心善,很喜歡動物。

Amin

Amin adalah sahabat Hasan, berwajah galak ber-hati baik, sangat menyukai binatang.

小 旺
xiǎo wàng

阿民家的狗,就像它的主人一樣,它是一隻面惡心善的忠狗。

Xiao Wang

Anjing di keluarga Amin, seperti tuan rumahnya, merupakan anjing setia yang bertampang galak tetapi baik hati.

第 零 課 基 本 華 文
dì　líng　kè　　jī　běn　huá　wén
（Pengenalan Bahasa Mandarin）

一、漢語拼音對照表（Tabel Pelafalan *Hanyu Pinyin*） ♪ 01
hàn yǔ pīn yīn duì zhào biǎo

Lambang Bunyi	b	p	m	f	d	t	n	l
Bunyi	玻	坡	模	佛	德	特	呢	了
	g	k	h	j	q	x		
	哥	科	喝	基	欺	希		
	zh(i)	ch(i)	sh(i)	r(i)	z(i)	c(i)	s(i)	
	知	吃	詩	日	資	詞	思	

er	a	o	e	ai	ei	ao	ou	an	en	ang	eng	ong
兒	啊	喔	鵝	哀	誒	熬	歐	安	恩	昂	亨	轟
i	ia		ie		iao	iou	ian	in	iang	ing	iong	
衣	呀		耶		腰	憂	煙	因	央	英	雍	
u	ua	uo		uai	uei			uan	uen	uang	ueng	
烏	蛙	窩		歪	威			彎	溫	汪	翁	
ü			üe					üan	ün			
迂			約					冤	暈			

二、漢語聲調（四聲）表（Empat Nada Dalam Bahasa Mandarin）♫ 02
hàn yǔ shēng diào sì shēng biǎo

Nada Pertama	Nada Kedua	Nada Ketiga	Nada Keempat

5
4
3
2
1

定調練習 （Latihan Pelafalan Nada）♫ 03
dìng diào liàn xí

多 聽 duō tīng	多 讀 duō dú	多 寫 duō xiě	多 看 duō kàn
還 聽 hái tīng	還 讀 hái dú	還 寫 hái xiě	還 看 hái kàn
我 聽 wǒ tīng	我 讀 wǒ dú	我 寫 wǒ xiě	我 看 wǒ kàn
再 聽 zài tīng	再 讀 zài dú	再 寫 zài xiě	再 看 zài kàn
聽 著 tīng zhe	讀 著 dú zhe	寫 著 xiě zhe	看 著 kàn zhe

三、數字表（Tabel Angka）♪ 04
shù zì biǎo

零	0	líng
一	1	yī
二	2	èr
三	3	sān
四	4	sì
五	5	wǔ
六	6	liù
七	7	qī
八	8	bā
九	9	jiǔ
十	10	shí

十一	11	shí yī
十二	12	shí èr
十五	15	shí wǔ
二十	20	èr shí
二十五	25	èr shí wǔ
一百	100	yì bǎi
一百零五	105	yì bǎi líng wǔ
一百五十	150	yì bǎi wǔ shí
一百五十五	155	yì bǎi wǔ shí wǔ
兩百	200	liǎng bǎi
兩百零五	205	liǎng bǎi líng wǔ

兩百五十	250	liǎng bǎi wǔ shí
一千	1,000	yì qiān
一千五百八十八	1,588	yì qiān wǔ bǎi bā shí bā
一萬	10,000	yí wàn
一萬五千	15,000	yí wàn wǔ qiān

一百萬	1,000,000	yì bǎi wàn
一百五十萬	1,500,000	yì bǎi wǔ shí wàn
一億	100,000,000	yí yì
一億五千萬	150,000,000	yí yì wǔ qiān wàn

四、基本筆劃（Goresan Dasar）♪ 05
jī běn bǐ huà

1.	、	點	diǎn	titik	小 六
2.	一	橫	héng	mendatar	一 六
3.	丨	豎	shù	tegak	十 中
4.	丿	撇	piě	lengkung kiri	人 大
5.	乀	捺	nà	lengkung kanan	八 人
6.	㇀	提	tí	goresan naik	我 江
7.	㇖	橫鈎	héng gōu	datar berkait	你 字
8.	亅	豎鈎	shù gōu	tegak berkait	小 你
9.	㇂	斜鈎	xié gōu	lengkung kanan berkait	戈 我
10.	㇕	橫折	héng zhé	datar menekuk	五 口
11.	㇗	豎折	shù zhé	tegak menekuk	七 亡

五、漢字書寫原則（Prinsip Penulisan Huruf Mandarin）
hàn zì shū xiě yuán zé

1.	Dari kiri ke kanan	川 人
2.	Dari atas ke bawah	三
3.	Mendatar sebelum tegak	十
4.	Dari luar ke dalam	月
5.	Tengah sebelum kedua sisi	小
6.	Dalam sebelum menutup	日 回

六、課堂基本用語（Percakapan Dasar di Kelas）♪ 06
kè táng jī běn yòng yǔ

1.	請看！	qǐng kàn	Silahkan lihat!
2.	請聽！	qǐng tīng	Silahkan dengar!
3.	請說！	qǐng shuō	Silahkan bicara!
4.	請跟著我說！	qǐng gēn zhe wǒ shuō	Mari ucapkan bersama saya!
5.	請跟著我做！	qǐng gēn zhe wǒ zuò	Mari lakukan bersama saya!
6.	兩人一組練習！	liǎng rén yì zǔ liàn xí	Dua orang per kelompok melakukan latihan!

第 一 課　我 是 誰（Siapa Saya）
dì　　yí　　kè　　wǒ　shì　shéi

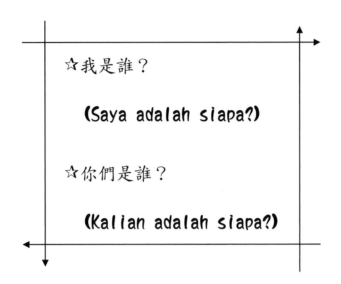

☆我是誰？

(Saya adalah siapa?)

☆你們是誰？

(Kalian adalah siapa?)

一、閱 讀（Wacana）♫07
　　yuè　dú

我 是 學 生，你 是 學 生，他 也 是 學 生，
wǒ　shì　xué　shēng　nǐ　shì　xué shēng　tā　yě　shì　xué　shēng

我 們 一 起 去 學 校。
wǒ　men　yì　qǐ　qù　xué　xiào

她 是 我 的 媽 媽，他
tā　shì　wǒ　de　mā　ma　tā

是 我 的 爸 爸。
shì　wǒ　de　bà　ba

我 們 是 兄 弟。他 是 我 的 哥 哥，我 是
wǒ men shì xiōng dì   tā shì wǒ de gē ge wǒ shì

他 的 弟 弟。你 們 是 姊 妹。你 是 她 的 姊 姊，
tā de dì di   nǐ men shì jiě mèi   nǐ shì tā de jiě jie

她 是 你 的 妹 妹。
tā shì nǐ de mèi mei

那 是 一 隻 狗，它 在 學 校 裡。這 是 我
nà shì yì zhī gǒu   tā zài xué xiào lǐ   zhè shì wǒ

們 的 教 室，它 也 在 學 校 裡。
men de jiào shì   tā yě zài xué xiào lǐ

（一）新 字 與 新 詞（Kosakata）♪ 08
xīn zì yǔ xīn cí

1.	第一	第一	（固定）	dì yī	pertama
2.	課	课	（名）	kè	pelajaran
3.	我	我	（代）	wǒ	saya
4.	你	你	（代）	nǐ	kamu (untuk pria & wanita)
5.	您	您	（代）	nín	Anda
6.	他	他	（代）	tā	dia (untuk pria & wanita)
7.	她	她	（代）	tā	dia (untuk perempuan)
8.	它	它	（代）	tā	dia (untuk hewan & benda)
9.	也	也	（副）	yě	juga

10.	們	们	（尾）	men	pembentuk kata jamak
11.	我們	我们	（代）	wǒ men	kita; kami
12.	你們	你们	（代）	nǐ men	kalian
13.	他們	他们	（代）	tā men	mereka
14.	的	的	（助）	de	menunjukkan kepemilikan
15.	是	是	（動）	shì	adalah
16.	學生	学生	（名）	xué shēng	pelajar
17.	一起	一起	（副）	yì qǐ	bersama-sama
18.	去	去	（動）	qù	pergi; pergi ke
19.	學校	学校	（名）	xué xiào	sekolah
20.	媽媽	妈妈	（名）	mā ma	ibu
21.	爸爸	爸爸	（名）	bà ba	ayah
22.	哥哥	哥哥	（名）	gē ge	abang
23.	弟弟	弟弟	（名）	dì di	adik lelaki
24.	兄弟	兄弟	（名）	xiōng dì	kakak beradik lelaki
25.	姊姊	姐姐	（名）	jiě jie	kakak perempuan
26.	妹妹	妹妹	（名）	mèi mei	adik perempuan
27.	姊妹	姐妹	（名）	jiě mèi	kakak beradik perempuan
28.	那	那	（代）	nà	itu
29.	這	这	（代）	zhè	ini
30.	在	在	（動）	zài	di (menyatakan lokasi)
31.	裡	里	（代）	lǐ	dalam

32.	一隻	一只	（量）	yì zhī	seekor
33.	狗	狗	（名）	gǒu	anjing
34.	教室	教室	（名）	jiào shì	ruang kelas

（二）翻 譯（Terjemahan）
fān yì

Siapa Saya?

Saya adalah pelajar, kamu adalah pelajar, dia juga adalah pelajar, kita bersama-sama pergi ke sekolah.

Dia adalah Ibu saya, dia adalah Ayah saya.

Kami adalah kakak beradik lelaki. Dia adalah Abang saya, saya adalah Adik lelaki dia. Kalian adalah kakak beradik perempuan. Kamu adalah Kakak perempuan dia, dia adalah Adik perempuan kamu.

Itu adalah seekor anjing, dia di dalam sekolah. Ini adalah ruang kelas kami, dia juga di dalam sekolah.

二、文 法（Tata Bahasa）
wén fǎ

（一）「是」與「嗎」（Adalah dan Apakah）
shì yǔ ma

(a). 是（Adalah）
shì

是 mengandung makna membenarkan, sedangkan untuk membentuk kalimat ingkaran, ditambahkan 不 sebelum kata 是.

$$\text{Subjek} + \underset{\text{shì}}{\text{是}} / \underset{\text{bú shì}}{\text{不 是}} + \text{Objek}$$

Subjek		Objek	Arti
你 nǐ	是 shì	學生。 xué shēng	Kamu adalah pelajar.
我 wǒ		弟弟。 dì di	Saya adalah Adik lelaki.
他 tā		我的爸爸。 wǒ de bà ba	Dia adalah Ayah saya.

Subjek		Objek	Arti
你 nǐ	不是 bú shì	學生。 xué shēng	Kamu bukan pelajar.
我 wǒ		弟弟。 dì di	Saya bukan Adik lelaki.
他 tā		我的爸爸。 wǒ de bà ba	Dia bukan Ayah saya.

☞ 練習（Latihan）
liàn xí

媽媽 mā ma	兄弟 xiōng dì	姊妹 jiě mèi	一隻狗 yì zhī gǒu
爸爸 bà ba	哥哥 gē ge	學校 xué xiào	妹妹 mèi mei

我 / 你 / 他
wǒ　nǐ　tā

它 / 這 / 那　　　　是（不是）＿＿＿。
tā　zhè　nà　　　　shì　bú shì

我們 / 你們/ 他們
wǒ men　nǐ men　tā men

例：<u>我 是 學 生</u>。
　　　wǒ　shì　xué　shēng

<u>這 不 是 教 室</u>。
　　zhè　bú　shì　jiào　shì

(Setiap pilihan hanya dapat digunakan sekali!)

1. 我 是 ＿＿＿＿ 。
　　wǒ　shì

2. 他 不 是 我 的 ＿＿＿＿ 。
　　tā　bú　shì　wǒ　de

3. 它 是＿＿＿＿＿＿＿ 。
　　tā　shì

4. 這 不 是 ＿＿＿＿＿＿ 。
　　zhè　bú　shì

5. 他 ＿＿＿我 的＿＿＿＿ 。
　　tā　　　　wǒ　de

6. 我 們 是 ＿＿＿＿＿＿ 。
　　wǒ　men　shì

7. 他 們 不 是 ＿＿＿＿＿＿ 。
　　tā　men bú　shì

8. 我 ___ 他 的 _____ 。
   wǒ   tā   de

(b). 嗎（Apakah）
ma

嗎 berarti apakah. Dalam penggunaannya diletakkan pada akhir kalimat tanya.

Pernyataan		Pertanyaan	Arti
他是學生。 tā shì xué shēng	→	他是學生嗎？ tā shì xué shēng ma	Apakah dia adalah pelajar?
那是一隻狗。 nà shì yì zhī gǒu	→	那是一隻狗嗎？ nà shì yì zhī gǒu ma	Apakah itu seekor anjing?
他們一起上學。 tā men yì qǐ shàng xué	→	他們一起上學嗎？ tā men yì qǐ shàng xué ma	Apakah mereka bersama-sama ke sekolah?

☞ 練習（Latihan）
liàn xí

例：你 是 學 生 。
    nǐ   shì   xué shēng

你 是 學 生 嗎 ？   我 不 是 學 生 。
nǐ   shì   xué shēng ma   wǒ bú   shì   xué shēng

1. 他 是 學 生 。
    tā   shì   xué shēng

_____？   _____。

2. 他 們 是 兄 弟 。
    tā   men shì   xiōng dì

_____？   _____。

3. 這 是 教 室。
zhè shì jiào shì

_____? _____。

4. 他 是 我 的 弟 弟。
tā shì wǒ de dì di

_____? _____。

5. 那 是 一 隻 狗。
nà shì yì zhī gǒu

_____? _____。

6. 我 的 妹 妹 是 學 生。
wǒ de mèi mei shì xué shēng

_____? _____。

7. 你 們 去 學 校。
nǐ men qù xué xiào

_____? _____。

8. 他 的 妹 妹 是 我 的 姊 姊。
tā de mèi mei shì wǒ de jiě jie

_____? _____。

9. 我 的 哥 哥 是 她 的 弟 弟。
wǒ de gē ge shì tā de dì di

_____? _____。

10. 她 的 爸 爸 也 是 我 的 爸 爸。
tā de bà ba yě shì wǒ de bà ba

_____? _____。

（二）　也（Juga）
　　　　yě

也 digunakan untuk menggabungkan dua kalimat setara.

Subjek + 也 + Predikat + Objek
　　　　 yě

哈 山 是 學 生。　哈 林 是 學 生。
hā shān shì xué shēng　hā lín shì xué shēng

哈 山 是 學 生，哈 林 也 是 學 生。
hā shān shì xué shēng　hā lín yě shì xué shēng

Subjek		Predikat	Objek	Arti
我 wǒ	也 yě	是 shì	學生。 xué shēng	Saya juga adalah pelajar.
你 nǐ		是 shì	我的弟弟。 wǒ de dì di	Kamu juga adalah Adik lelaki saya.
狗 gǒu		在 zài	學校裡。 xué xiào lǐ	Anjing juga di sekolah.

☞ 練 習（Latihan）
　　liàn xí

例：哈 林 是 學 生。
　　hā lín shì xué shēng

哈 林 也 是 學 生。
hā lín yě shì xué shēng

1. 他 是 哥 哥。
   tā shì gē ge

   _____

2. 你 是 我 的 妹 妹。
   nǐ shì wǒ de mèi mei

   _____

3. 教 室 在 學 校 裡。
   jiào shì zài xué xiào lǐ

   _____

4. 它 是 爸 爸 的 狗。
   tā shì bà ba de gǒu

   _____

5. 他 的 姊 姊 是 我 的 妹 妹。
   tā de jiě jie shì wǒ de mèi mei

   _____

三、活 動（Kegiatan）
  huó dòng

課 堂 活 動 一：我 們 這 一 家
kè táng huó dòng yī   wǒ men zhè yì jiā

家裡來了新成員，一定很想趕快認識每個人吧！讓我們一
起來記住身旁的每一個人。

步驟：

用拍手與拍腳來打節奏，跟著節奏一邊念：

「大家好！你是○○，他是○○，我是○○，大家好！」

Kegiatan Kelas Pertama : Sekeluarga Kita Ini

Di rumah kedatangan anggota baru, pastilah ia ingin sekali segera mengenal setiap orang! Marilah kita bersama-sama mengingat setiap orang di samping kita.
Langkah-langkah:
Bertepuk tangan dan kaki untuk menghasilkan irama, sambil mengikuti irama berbicara:
"Apa kabar semuanya! Kamu adalah…., dia adalah…., saya adalah …., apa kabar semuanya!"

課 堂 活 動 二：聲 音 接 力 賽
kè táng huó dòng èr　shēng yīn jiē lì sài

注意聽，把聲音傳給你的朋友。

步驟：

1. 遊戲開始，大家開始傳遞盒子（盒子裡面有很多寫上名詞的小紙片，如：爸爸、狗等）。

2. 拿到盒子的人，要從盒子裡抽一張小紙片，依照小紙片的名詞問下兩個人。如：爸爸→你是爸爸嗎？

3. 被問的同學則須依照真實情境來回答。
   如：如果第一位被問的同學答案是否定的→我不是爸爸。
   如果第二個被問的同學答案也是否定的→我也不是爸爸。

Kegiatan Kelas Kedua : Lomba Estafet Suara

Dengar dengan teliti, teruskan suara kepada temanmu.

<u>Langkah-langkah:</u>

1. Pada saat dimulainya permainan, semua orang mulai meneruskan kotak (di dalam kotak terdapat banyak lembaran kertas kecil yang ditulisi kata benda, misalnya: ayah, anjing dsb).

2. Orang yang mendapatkan kotak harus menarik selembar kertas kecil dari dalam kotak, gunakan kata benda yang tertulis pada kertas kecil untuk bertanya kepada dua orang berikutnya. Misalnya: ayah → Apakah kamu adalah Ayah?

3. Siswa yang ditanya harus menjawab berdasarkan keadaan sebenarnya.

   Misalnya: Jika jawaban dari siswa pertama yang ditanya adalah menyangkal → Saya bukan Ayah.

   Jika jawaban dari siswa kedua yang ditanya juga menyangkal → Saya juga bukan Ayah.

四、課 後 練 習（Latihan Tambahan）
kè　hòu　liàn　xí

(一) 漢 語 拼 音 練 習（Latihan *Hanyu Pinyin*）
hàn　yǔ　pīn　yīn　liàn　xí

A. 連 連 看（Menghubungkan）
lián lián　kàn

你　　我　　他們　　裡　　是　　學生　　兄弟　　姊妹　　狗

xué shēng　　nǐ　　gǒu　　lǐ　　shì　　xiōng dì　　wǒ　　jiě mèi　　tā men

B. 填 寫 漢 語 拼 音（Mengisi *hanyu pinyin*）
tián xiě hàn yǔ pīn yīn

1. 你 們 ＿＿＿＿＿＿　　4. 爸 ＿＿＿＿＿＿

2. 學 校 ＿＿＿＿＿＿　　5. 一 起 ＿＿＿＿＿＿

3. 媽 ＿＿＿＿＿＿　　6. 教 室 ＿＿＿＿＿＿

(二) 文 法 練 習（Latihan Tata Bahasa）
wén fǎ liàn xí

A.「是」與「嗎」（Adalah dan Apakah）
shì yǔ ma

(a). Ubah pernyataan berikut ke dalam bentuk kalimat tanya dan kalimat menyangkal!

例: 我 是 學 生。
wǒ shì xué shēng

你 是 學 生 嗎？　　我 不 是 學 生。
nǐ shì xué shēng ma　　wǒ bú shì xué shēng

1. 你是他的妹妹。

＿＿＿＿＿＿？ ＿＿＿＿＿＿。

2. 那是一隻狗。

＿＿＿＿＿＿？ ＿＿＿＿＿＿。

3. 這是桌子。

＿＿＿＿＿＿？ ＿＿＿＿＿＿。

4. 我是他的老師。

_____？ _____。

5. 你是美美。

_____？ _____。

(b). Melihat gambar dan menjawab pertanyaan berikut.

例：

這 是 書 嗎？（筆）
zhè shì shū ma   bǐ

不 是， 這 不 是 書。 這 是 筆。
bú shì   zhè bú shì shū   zhè shì bǐ

1. 這是筆嗎？（書）

_____。 _____。

2. 她是媽媽嗎？

是，＿＿＿＿＿＿＿＿＿＿＿。

3. 那是狗嗎？（貓）
　　　　　māo

＿＿＿＿＿＿＿＿＿＿。　＿＿＿＿＿＿＿＿＿＿。

4. 他是媽媽的弟弟嗎？

是，＿＿＿＿＿＿＿＿＿＿。

31

5. 這是學校嗎？（屋 子）
　　　　　　　　wū　zi

_____。　_____。

B. 也（Juga）
　　yě

Ubah kalimat berikut dengan menggunakan 也.

例：我 是 學 生。（他）
　　wǒ　shì xué shēng

　　他 也 是 學 生。
　　tā　yě　shì　xué shēng

1. 我是他的姊姊。（她）

_____

2. 他是你的弟弟。（我）

_____

3. 他在學校裡。（教室）

_____

4. 那是爸爸的狗。（這）

_____

5. 他的弟弟是我的學生。（你）

_____

（三）漢 字 練 習（Latihan Menulis Huruf Mandarin）
　　　hàn zì liàn xí

一 ： 一

一						
一						

你： ノ 亻 仁 仵 你 你

你						
你						

第 二 課　問 候（**Menyampaikan Salam**）
dì　èr　kè　wèn　hòu

☆請問圖中的人物在做什麼？

(Orang dalam gambar sedang melakukan apa?)

☆當你遇到朋友，你該怎麼跟他打招呼呢？

(Ketika kamu bertemu dengan teman,
kamu harus bagaimana menyapanya?)

一、會 話（Percakapan）♪ 09
huì　huà

安 妮：哈 山，早 安！好 久 不 見 了，你 好 嗎？
ān　nī　hā shān　zǎo ān　hǎo jiǔ bú jiàn le　nǐ hǎo ma

哈 山：嗨！早 安，安 妮！是 好 久 不 見 了，我 很
hā shān　hāi　zǎo ān　ān nī　shì hǎo jiǔ bú jiàn le　wǒ hěn

好，你 也 好 嗎？
hǎo　nǐ　yě　hǎo　ma

安妮：我 很 好。你 哥 哥——哈 林 好 嗎？
ān nī   wǒ hěn hǎo   nǐ gē ge   hā lín hǎo ma

哈 山：他 也 很 好，謝 謝 你 的 關 心。他 現 在
hā shān   tā yě hěn hǎo xiè xie nǐ de guān xīn   tā xiàn zài

在 我 家。
zài wǒ jiā

安妮：請 幫 我 問 候 他。
ān nī   qǐng bāng wǒ wèn hòu tā

哈 山：好 的。你 也 幫 我 問 候 安 娜。
hā shān hǎo de   nǐ yě bāng wǒ wèn hòu ān nà

安妮：一 定。我 有 事，先 走 一 步。
ān nī   yí dìng wǒ yǒu shì xiān zǒu yí bù

哈 山：好 的，再 見。
hā shān hǎo de   zài jiàn

(一) 新 字 與 新 詞（Kosakata）♪ 10
xīn zì yǔ xīn cí

1.	早安	早安	（名）	zǎo ān	selamat pagi
2.	早	早	（形）	zǎo	pagi
3.	久	久	（形）	jiǔ	lama
4.	不	不	（副）	bù	tidak; bukan
5.	見	见	（動）	jiàn	jumpa; melihat
6.	好久不見	好久不见	（固定）	hǎo jiǔ bú jiàn	lama tak jumpa
7.	你好嗎	你好吗	（固定）	nǐ hǎo ma	apa kabarmu?

8.	好	好	（形）	hǎo	baik
9.	了	了	（助）	le	berarti "sudah"
10.	山	山	（名）	shān	gunung
11.	還	还	（副）	hái	masih
12.	林	林	（名）	lín	hutan
13.	謝謝	谢谢	（動）	xiè xie	terima kasih
14.	關心	关心	（名）	guān xīn	perhatian
15.	心	心	（名）	xīn	hati
16.	現在	现在	（名）	xiàn zài	sekarang
17.	家	家	（名）	jiā	rumah; keluarga
18.	請	请	（動）	qǐng	tolong; mohon; silakan
19.	好的	好的	（固定）	hǎo de	baiklah
20.	幫	帮	（動）	bāng	membantu
21.	一定	一定	（形）	yí dìng	pasti
22.	有	有	（動）	yǒu	ada; memiliki
23.	事	事	（名）	shì	urusan; masalah; pekerjaan
24.	先走一步	先走一步	（固定）	xiān zǒu yí bù	jalan atau berangkat dulu
25.	先	先	（副）	xiān	terlebih dahulu
26.	走	走	（動）	zǒu	jalan; berjalan
27.	步	步	（名）	bù	langkah

| 28. | 再見 | 再见 | （固定） | zài jiàn | sampai jumpa |
| 29. | 再 | 再 | （副） | zài | lagi |

(二) 翻 譯（Terjemahan）
fān yì

Anni   : "Hasan, selamat pagi! Sudah lama tidak jumpa, apa kabarmu?"

Hasan : "Hai! Selamat pagi, Anni! Benar sudah lama tidak jumpa, saya sangat baik, apakah kamu juga baik?"

Anni   : "Saya sangat baik. Abang kamu—Halim apakah baik?"

Hasan : "Dia juga sangat baik, terima kasih atas perhatianmu. Dia sekarang di rumah saya."

Anni   : "Tolong bantu saya menyampaikan salam kepadanya."

Hasan : "Baik. Kamu juga bantu saya sampaikan salam untuk Anna."

Anni   : "Pasti. Saya ada urusan, jalan dulu."

Hasan : "Baiklah, sampai jumpa."

(三) 補 充 新 字 與 新 詞（Kosakata Tambahan） ♪ 11
bǔ chōng xīn zì yǔ xīn cí

1.	在	在	（副）	zài	menyatakan suatu perbuatan sedang berlangsung
2.	吃	吃	（動）	chī	makan
3.	喝	喝	（動）	hē	minum
4.	聽	听	（動）	tīng	dengar
5.	看	看	（動）	kàn	baca; lihat
6.	唱	唱	（動）	chàng	bernyanyi
7.	跑	跑	（動）	pǎo	lari
8.	睡	睡	（動）	shuì	tidur
9.	洗	洗	（動）	xǐ	cuci

10.	回家	回家	（動）	huí jiā	pulang rumah
11.	歌	歌	（名）	gē	lagu
12.	書	书	（名）	shū	buku
13.	報紙	报纸	（名）	bào zhǐ	koran
14.	起來	起来	（動）	qǐ lái	diletakkan setelah kata kerja untuk menunjukkan ke atas
15.	生病	生病	（動）	shēng bìng	sakit; menderita penyakit

二、文 法（Tata Bahasa）
wén fǎ

（一）　Subjek + Kata Kerja + 了
le

Pola kalimat ini menunjukkan bahwa subjek sudah menyelesaikan suatu tindakan atau keadaan tertentu telah dialami oleh subjek.

Subjek	Kata Kerja		Arti
她 tā	跑 pǎo	了。 le	Dia sudah lari.
我 wǒ	走 zǒu		Saya sudah pergi.
哥哥 gē ge	生病 shēng bìng		Abang telah jatuh sakit.
哈山 hā shān	回家 huí jiā		Hasan telah pulang ke rumah.

☞ 練習（Latihan）
liàn xí

生病	睡	回家	洗	吃
shēng bìng	shuì	huí jiā	xǐ	chī

1. 媽媽＿＿＿＿了。
   mā ma　　　　le

2. 弟弟＿＿＿＿手了。
   dì di　　　shǒu le

3. 妹妹＿＿＿＿了。
   mèi mei　　　le

4. 爸爸＿＿＿＿了。
   bà ba　　　le

5. 我＿＿＿＿＿了。
   wǒ　　　　le

(二) Subjek + 在 + Kata Kerja + Objek
　　　　　　　zài

Pola kalimat ini menyatakan bahwa subjek sedang melakukan suatu kegiatan.

Subjek		Kata Kerja	Objek	Arti
我 wǒ		跳 tiào	舞。 wǔ	Saya sedang menari.
她 tā	在 zài	喝 hē	水。 shuǐ	Dia sedang minum air.
爸爸 bà ba		看 kàn	報紙。 bào zhǐ	Ayah sedang membaca koran.
妹妹 mèi mei		唱 chàng	歌。 gē	Adik perempuan sedang bernyanyi.

☞ 練習（Latihan）
　　liàn　xí

例：喝　我　在　水
　　hē　wǒ　zài　shuǐ

　　我　在　喝　水。
　　wǒ　zài　hē　shuǐ

1.　在　小狗　跑
　　zài　xiǎo gǒu　pǎo

　　_____

2.　飯　我　吃　在
　　fàn　wǒ　chī　zài

　　_____

3.　洗　在　媽媽　衣　服
　　xǐ　zài　mā ma　yī fú

　　_____

4.　看　在　哥哥　書
　　kàn　zài　gē ge　shū

　　_____

5.　電視　妹妹　在　看
　　diàn shì　mèi mei　zài　kàn

　　_____

三、活　動（Kegiatan）
huó　dòng

課　堂　活　動　一：角　色　扮　演
kè　táng　huó dòng　yī　　jué　sè　bàn yǎn

　　當你在路上遇到朋友時，你知道要怎麼問候他嗎？現在我們就假裝自己是哈山與安妮，跟你的夥伴問候一下吧。

Kegiatan Kelas Pertama : Memainkan Peran
　　Pada saat kamu bertemu dengan teman di jalan, apakah kamu tahu harus bagaimana menyalaminya? Sekarang kita berpura-pura bahwa diri kita adalah Hasan dan Anni, marilah menyalami sejenak sahabat kamu.

課　堂　活　動　二：找　出　動　詞　念　念　看
kè　táng　huó dòng　èr　　zhǎo chū dòng cí　niàn niàn kàn

　　請依照所學的中文拼音，幫助你順利找到你所要的動詞再造句。

例：學生看到 chī 的字卡，馬上找尋漢字「吃」的字卡。

　　找到後，再依照找到的動詞造一個句子。

Kegiatan Kelas Kedua : Mencari Kata Kerja dan Melafalkan
　　Pergunakan pelafalan *hanyu pinyin* yang telah kamu pelajari untuk menemukan kata kerja yang diinginkan, kemudian susunlah kalimatnya.
Misalnya: Setelah melihat kartu tulisan chī, siswa segera mencari kartu tulisan
　　　　　Mandarin"吃". Kemudian buatlah sebuah kalimat dengan menggunakan kata
　　　　　tersebut.

四、課後練習（Latihan Tambahan）
kè   hòu   liàn   xí

（一）填寫漢語拼音（Mengisi *Hanyu Pinyin*）
tián xiě hàn yǔ pīn yīn

1. 不見 _____   4. 也 _____

2. 先走 _____   5. 家裡 _____

3. 幫 _____   6. 好的 _____

（二）文法練習（Latihan Tata Bahasa）
wén fǎ liàn xí

A. Subjek + Kata Kerja + 了

Susunlah kata-kata berikut menjadi kalimat!

例: 了 喝 水 我
   le hē shuǐ wǒ

<u>我 喝 水 了</u>。
wǒ hē shuǐ le

1. 睡 哥哥 了

   _____

2. 起來 媽媽 了

   _____

3. 吃 他 了

   _____

4. 了 洗 妹妹 手

   _____

5. 病　姊姊　生　了

　　_____

B. Subjek + 在 + Kata Kerja + Objek

Ubahlah kalimat tanya berikut menjadi pernyataan!

例: 他 在 喝 水 嗎？（跳 舞）
　　tā zài hē shuǐ ma　　tiào wǔ

不 是，他 不 是 在 喝 水。他 在 跳 舞。
bú shì tā bú shì zài hē shuǐ tā zài tiào wǔ

1. 貓在跑嗎？（跳）

　　_____

2. 妹妹在看書嗎？（看電視）

　　_____

3. 姊姊在吃飯嗎？（洗衣服）

　　_____

4. 爸爸在看報紙嗎？（睡覺）

　　_____

5. 弟弟在看電視嗎？（唱歌）

　　_____

(三) 選 詞 填 空（Memilih dan Mengisi Kata）
xuǎn cí tián kòng

早 安 zǎo ān	好 的 hǎo de	謝 謝 xiè xie	一 定 yí dìng	關 心 guān xīn
有 yǒu	先 xiān	我 很 好 wǒ hěn hǎo		好 久 不 見 hǎo jiǔ bú jiàn

小華：早安，小英！ ___好久不見___ ，你好嗎？

小英：_____ ，_____。

　　　你哥哥呢？ 我好久沒看見他了，他好嗎？

小華：謝謝你的_____。他去補習了，晚點兒才會回家。

小英：那請幫我向他問候一下。

小華：_____。

小英：我得去補習了，_____ 走一步，再見。

小華：_____，再見。

(四) 組 合 句 子 並 連 連 看（Menyusun dan Menghubungkan）
zǔ hé jù zi bìng lián lián kàn

1. 謝 的 關心 謝 你

 <u>謝謝你的關心</u>　。

 gē ge zài xǐ yī fú

2. 爸爸 電視 看 在

 ＿＿＿＿＿＿＿＿＿＿＿ 。

 xiè xie nǐ de guān xīn

3. 我 他 請 問候 幫

 ＿＿＿＿＿＿＿＿＿＿＿ 。

 qǐng bāng wǒ wèn hòu tā

4. 在 衣服 洗 哥哥

 ＿＿＿＿＿＿＿＿＿＿＿ 。

 bà ba zài kàn diàn shì

5. 家 她 在 現在 我

 ＿＿＿＿＿＿＿＿＿＿＿ 。

 tā xiàn zài zài wǒ jiā

(五) 漢 字 練 習 （Latihan Menulis Huruf Mandarin）
　　　 hàn zì liàn xí

安： 、 丶 宀 宀 安 安

安					
安					

嗎： ｜ 口 口 口 叮 吓 咋 咘 嗎
嗎 嗎 嗎 嗎

嗎					
嗎					

第 三 課　我 的 家 人（**Anggota Keluarga Saya**）
dì　sān　kè　wǒ　de　jiā　rén

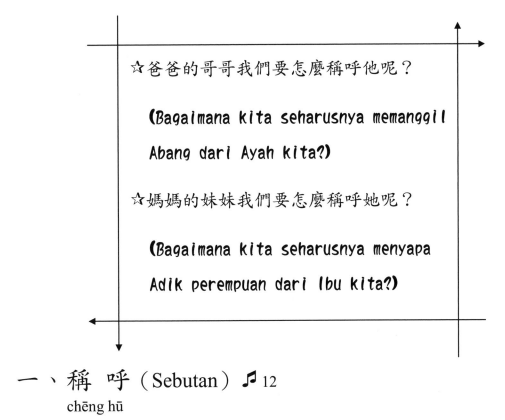

☆爸爸的哥哥我們要怎麼稱呼他呢？

(Bagaimana kita seharusnya memanggil
Abang dari Ayah kita?)

☆媽媽的妹妹我們要怎麼稱呼她呢？

(Bagaimana kita seharusnya menyapa
Adik perempuan dari Ibu kita?)

一、稱 呼（Sebutan）♫ 12
chēng hū

　　Seperti halnya bahasa Indonesia, dalam bahasa Mandarin juga terdapat pembagian sebutan untuk hubungan kekerabatan antarmanusia. Bila keduanya dibandingkan, maka dapat diketahui terdapat lebih banyak sebutan dalam bahasa Mandarin. Gambar 1 dan Tabel 1 menyajikan sebutan yang menyatakan pertalian kekerabatan manusia. Perhatikan 我 dijadikan rujukan untuk memudahkan pemahaman Anda.

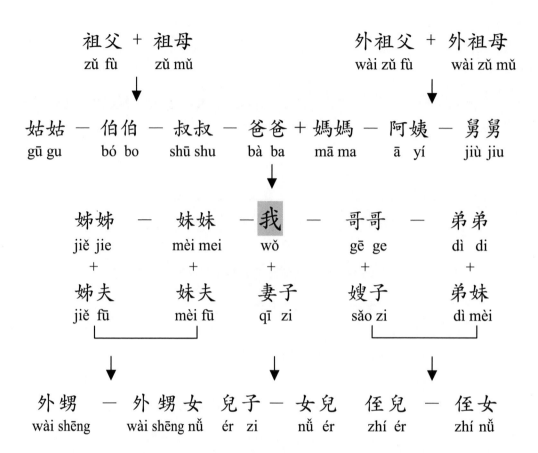

Gambar 1. Sebutan dalam pertalian kekerabatan manusia.

（一）新字與新詞（Kosakata）♪ 13
xīn zì yǔ xīn cí

1. 祖父　祖父　（名）　zǔ fù　kakek dari pihak ayah (kakek)

2. 祖母　祖母　（名）　zǔ mǔ　nenek dari pihak ayah (nenek)

3. 外祖父　外祖父　（名）　wài zǔ fù　kakek dari pihak ibu (kakek)

4. 外祖母　外祖母　（名）　wài zǔ mǔ　nenek dari pihak ibu (nenek)

5. 姑姑　姑姑　（名）　gū gu　saudara kandung perempuan dari pihak ayah (bibi)

5. 伯伯　伯伯　（名）　bó bo　saudara kandung lelaki yang lebih tua dari ayah (paman)

6. 叔叔　叔叔　（名）　shū shu　saudara kandung lelaki yang lebih muda dari ayah (paman)

7. 爸爸　爸爸　（名）　bà ba　ayah

50

8.	媽媽	妈妈	（名）	mā ma	ibu
9.	阿姨	阿姨	（名）	ā yí	saudara kandung perempuan dari pihak ibu (bibi)
10.	舅舅	舅舅	（名）	jiù jiu	saudara kandung laki-laki dari pihak ibu (paman)
11.	姊姊	姐姐	（名）	jiě jie	kakak perempuan
12.	妹妹	妹妹	（名）	mèi mei	adik perempuan
13.	我	我	（名）	wǒ	saya
14.	哥哥	哥哥	（名）	gē ge	abang
15.	弟弟	弟弟	（名）	dì di	adik lelaki
16.	姊夫	姐夫	（名）	jiě fū	suami kakak perempuan
17.	妹夫	妹夫	（名）	mèi fū	suami adik perempuan
18.	妻子	妻子	（名）	qī zi	istri
19.	丈夫	丈夫	（名）	zhàng fū	suami
20.	嫂子	嫂子	（名）	sǎo zi	istri abang
21.	弟妹	弟妹	（名）	dì mèi	istri adik lelaki
22.	外甥	外甥	（名）	wài shēng	keponakan lelaki dari adik dan kakak perempuan (keponakan)
23.	外甥女	外甥女	（名）	wài shēng nǚ	keponakan perempuan dari adik dan kakak perempuan (keponakan)
24.	兒子	儿子	（名）	ér zi	anak laki-laki
25.	女兒	女儿	（名）	nǚ ér	anak perempuan
26.	侄兒	侄儿	（名）	zhí ér	keponakan lelaki dari adik dan kakak lelaki (keponakan)
27.	侄女	侄女	（名）	zhí nǚ	keponakan perempuan dari adik dan kakak lelaki (keponakan)

伯 母[1] bó mǔ	嬸 嬸[1] shěn shen	姨 丈[2] yí zhàng	舅 母[1] jiù mǔ	姑 丈[2] gū zhàng	[1]istri paman [2]suami bibi
堂 哥[1] táng gē 堂 弟[2] táng dì	堂 姊[1] táng jiě 堂 妹[2] táng mèi	表 姊[1] biǎo jiě 表 妹[2] biǎo mèi		表 哥[1] biǎo gē 表 弟[2] biǎo dì	[1]kakak sepupu [2]adik sepupu
堂 嫂[1]　堂 姊 夫[2] táng sǎo　táng jiě fū 堂 弟 妹[1] táng dì mèi 堂 妹 夫[2] táng mèi fū		表 姊 夫[2] biǎo jiě fū 表 妹 夫[2] biǎo mèi fū		表 嫂[1] biǎo sǎo 表 弟 妹 biǎo dì mèi	[1]istri saudara sepupu [2]suami saudara sepupu
姪 兒 zhí ér 姪 女 zhí nǚ	外 甥 wài shēng 外 甥 女 wài shēng nǚ	外 甥 wài shēng 外 甥 女 wài shēng nǚ		表 姪 兒 biǎo zhí ér 表 姪 女 biǎo zhí nǚ	keponakan

Tabel 1. Lanjutan hubungan kekerabatan manusia dari Gambar 1. 我 pada gambar di atas dijadikan rujukan dalam tabel ini. ♬ 14

(二) 練 習（Latihan）
liàn xí

A. 誰（Siapa）
shéi

例：他 是 我 的 爸 爸。（媽 媽）
tā shì wǒ de bà ba　　mā ma

他 是 誰？　他 是 我 的 媽 媽。
tā shì shéi　　tā shì wǒ de mā ma

1. 他是哈林。（哈山）

   _____ _____

2. 他是我的朋友。（同學）

   _____ _____

3. 我是哈林的三叔。（三姑）

   _____ _____

4. 她是我的姊姊。（妹妹）

   _____ _____

5. 我是他的爸爸。（叔叔）

   _____ _____

B. 稱 呼 填 充（Mengisi sebutan）
   chēng hū tián chōng

例：爸 爸 ＋＿＿＿＿= 我、＿＿＿＿、姊 姊、＿＿＿和 弟 弟
   bà ba   wǒ   jiě jie   hé dì di

   爸 爸 ＋ 媽 媽 = 我、哥 哥、姊 姊、妹 妹 和 弟 弟。
   bà ba   mā ma   wǒ gē ge jiě jie mèi mei hé dì di

1. 堂哥 ＋ ＿＿＿＿= 侄兒和＿＿＿＿

2. 外祖父 ＋ ＿＿＿＿=＿＿＿＿、阿姨和＿＿＿＿

3. ＿＿＿＿ ＋ 祖母 =＿＿＿＿、伯伯、＿＿＿ 和＿＿＿＿

4. 姑姑 + ＿＿＿＿＿ = ＿＿＿＿＿ 、 ＿＿＿＿＿ 、 ＿＿＿＿＿ 和 ＿＿＿＿＿

5. ＿＿＿＿＿ + 妹夫 = ＿＿＿＿＿ 和 ＿＿＿＿＿

6. 兄弟姊妹 = ＿＿＿＿＿ 、 ＿＿＿＿＿ 、 ＿＿＿＿＿ 和 ＿＿＿＿＿

7. 姊姊 + ＿＿＿＿＿ = ＿＿＿＿＿ 和 ＿＿＿＿＿

8. 表哥 + ＿＿＿＿＿ = ＿＿＿＿＿ 和 ＿＿＿＿＿

9. 叔叔 + ＿＿＿＿＿ = ＿＿＿＿＿ 、 ＿＿＿＿＿ 、 ＿＿＿＿＿ 和 ＿＿＿＿＿

10. 我 + ＿＿＿＿＿ = ＿＿＿＿＿ 和 ＿＿＿＿＿

二、問 候（Menyampaikan Salam）
wèn　hòu

(一) 新 字 與 新 詞（Kosakata）♬ 15
xīn　zì　yǔ　xīn　cí

1.　早餐　早餐　（名）　zǎo cān　sarapan; makan pagi

2.　睡覺　睡觉　（動）　shuì jiào　tidur

3.　午餐　午餐　（名）　wǔ cān　makan siang

4.　同學　同学　（名）　tóng xué　teman sekolah

5.　各位　各位　（名）　gè wèi　semuanya; para (hadirin, siswa dsb)

(二) 練 習 （Latihan）
　　liàn　xí

A. 問 候 詞 填 充 （Mengisi kata sapaan）
　　wèn　hòu　cí　tián chōng

嗨	您 好	早 安	晚 安	午 安	你 好 嗎
hāi	nín hǎo	zǎo ān	wǎn ān	wǔ ān	nǐ hǎo ma

例：＿＿＿安 妮，你 好。
　　　　　ān　nī　　nǐ　hǎo

嗨！安 妮，你 好。
hāi　ān　nī　　nǐ　hǎo

1. 好久不見了，＿＿＿＿＿？

2. ＿＿＿＿＿，您要吃早餐嗎？

3. 我要睡了，＿＿＿＿＿！

4. ＿＿＿＿＿，您要吃午餐嗎？

5. ＿＿＿＿＿，我是雅妮。

B. 句 子 組 合 練 習 （Menyusun kalimat）
　　jù　zi　zǔ　hé　liàn　xí

例：早 你 安 好 嗎
　　zǎo　nǐ　ān　hǎo　ma

早 安！你 好 嗎？
zǎo ān　　nǐ hǎo ma

1. 嗨　了　很　久　見　不

　　_____

2. 同學　各位　早安

　　_____

3. 弟弟　還　你　嗎　好

　　_____

4. 午餐　吃　下午　要　嗎　您

　　_____

5. 去　我　早安　了　上學

　　_____

三、活 動（Kegiatan）
　　huó dòng

課 堂 活 動：稱 謂 蘿 蔔 蹲
kè táng huó dòng chēng wèi luó bo dūn

　　我們都是一家人，每個人都有一個特別的動作，現在請大家先動腦想一想，然後依照玩法開始動起來。

步驟：

　　利用膝蓋彎（蹲）與每個人特別的動作來打節奏，跟著節奏一邊念：「爸爸蹲，爸爸蹲，爸爸蹲完○○蹲！」

Kegiatan Kelas : Permainan Sebutan

　　Kita semuanya adalah satu keluarga, setiap orang mempunyai satu gerakan unik. Sekarang silahkan semuanya berpikir sejenak, kemudian mulai bergerak menurut aturan permainan.

Langkah-langkah:

　　Pergunakan lutut (berjongkok) dan gerakan unik dari setiap orang untuk menghasilkan irama, mengikuti irama sambil mengucapkan:

"Ayah berjongkok, Ayah berjongkok, Ayah selesai berjongkok ___ ___berjongkok!"

四、課 後 練 習（Latihan Tambahan）
kè　hòu　liàn　xí

（一）填 寫 漢 語 拼 音（Mengisi *Hanyu Pinyin*）
tián　xiě　hàn　yǔ　pīn　yīn

1.嬸 嬸 _____　　4.姑 丈 _____

2.睡 覺 _____　　5.妻 子 _____

3.外 甥 女_____　　6.早 餐 _____

（二）選 詞 填 空（Memilih dan Mengisi Kata）
xuǎn　cí　tián　kòng

外甥	伯母	外甥女	侄女
侄兒	祖母	外祖母	舅舅

1. 媽媽的哥哥是_____。

2. 媽媽的媽媽是_____。

3. 爸爸的媽媽是_____。

4. 妹妹的女兒的弟弟是＿＿＿＿＿。

5. 哥哥的兒子的姊姊是＿＿＿＿＿。

6. 爸爸的哥哥的妻子是＿＿＿＿＿。

(三) 完 成 對 話（Menyelesaikan Percakapan）
wán chéng duì huà

1. 老師：嗨！ 早安。

   學生：＿＿＿＿＿＿＿＿＿＿＿＿

   老師：＿＿＿＿＿＿＿＿＿＿＿＿

   學生：我在家吃過了。

2. 小明：嗨！ 小英，好久不見了。

   小英：＿＿＿＿＿＿＿＿＿＿

   小明：＿＿＿＿＿＿＿＿＿＿

   小英：我很好。

(四) 漢 字 練 習 （Latihan Menulis Huruf Mandarin）
hàn　zì　liàn　xí

女 ： く 女 女

女						
女						

叔 ： ⼁ ⼘ ⼧ 才 才 求 叔 叔

叔						
叔						

第 四 課　好 孩 子（Anak yang Baik）
dì　　sì　　kè　　hǎo　hái　zi

☆注意老師的動作。

(Perhatikan gerakan guru.)

☆老師在做什麼？

(Apa yang sedang guru lakukan?)

一、閱 讀（Wacana）♩16
　　yuè　dú

我 們 應 該 早 睡 覺 早 起 床。早 上 起 床
wǒ men yīng gāi zǎo shuì jiào zǎo qǐ chuáng zǎo shàng qǐ chuáng

後 刷 牙、洗 臉、洗 澡、穿 上 校 服、吃 早 餐、
hòu shuā yá xǐ liǎn xǐ zǎo chuān shàng xiào fú chī zǎo cān

喝 牛 奶，然 後 上 學 校。在 學 校 應 該 用 心
hē niú nǎi rán hòu shàng xué xiào zài xué xiào yīng gāi yòng xīn

聽 課 。
tīng kè

放學後，回家去、做好功課、幫媽
fàng xué hòu　　huí jiā qù　　zuò hǎo gōng kè　　bāng mā

媽做飯菜、洗衣服、掃院子。這樣才是
ma zuò fàn cài　　xǐ yī fú　　sǎo yuàn zi　　zhè yàng cái shì

一個好學生、好孩子。
yí ge hǎo xué shēng　　hǎo hái zi

（一）新字與新詞（Kosakata）♪ 17
xīn zì yǔ xīn cí

1.	詞	词	（名）	cí	kata; kata-kata
2.	應該	应该	（副）	yīng gāi	harus; mesti
3.	起床	起床	（動）	qǐ chuáng	bangun dari tidur
4.	後	后	（副）	hòu	setelah
5.	刷牙	刷牙	（動）	shuā yá	menyikat gigi
6.	刷	刷	（動）	shuā	menyikat; menggosok
7.	洗臉	洗脸	（動）	xǐ liǎn	mencuci muka
8.	洗	洗	（動）	xǐ	mencuci
9.	校服	校服	（名）	xiào fú	seragam sekolah
10.	洗澡	洗澡	（動）	xǐ zǎo	mandi
11.	穿	穿	（動）	chuān	mengenakan
12.	牛奶	牛奶	（名）	niú nǎi	susu sapi
13.	牛	牛	（名）	niú	sapi
14.	然後	然后	（副）	rán hòu	setelah itu; kemudian

62

15.	上	上	（動）	shàng	pergi ke; atas
16.	用心	用心	（動）	yòng xīn	tekun; menaruh seluruh perhatian
17.	用	用	（動）	yòng	menggunakan
18.	心	心	（名）	xīn	hati
19.	放學	放学	（動）	fàng xué	pulang sekolah
20.	放	放	（動）	fàng	melepaskan; meletakkan
21.	回家	回家	（動）	huí jiā	kembali ke rumah
22.	回	回	（動）	huí	kembali; pulang
23.	做好	做好	（動）	zuò hǎo	mengerjakan sampai tuntas; menyelesaikan
24.	做	做	（動）	zuò	mengerjakan; membuat
25.	功課	功课	（名）	gōng kè	pekerjaan rumah; pelajaran
26.	幫	帮	（動）	bāng	membantu
27.	飯菜	饭菜	（名）	fàn cài	makanan; nasi beserta lauk-pauk
28.	飯	饭	（名）	fàn	nasi
29.	菜	菜	（名）	cài	sayur-mayur; lauk-pauk
30.	衣服	衣服	（名）	yī fú	pakaian; busana
31.	衣	衣	（名）	yī	baju
32.	掃	扫	（動）	sǎo	menyapu
33.	院子	院子	（名）	yuàn zi	pekarangan; halaman
34.	這樣	这样	（代名詞）	zhè yàng	demikian; begini; dengan cara ini

35.	才	才	（副）	cái	menyatakan hal tertentu tergantung syarat atau keadaan tertentu, setara dengan baru
36.	個	个	（量）	gè	kata bantu bilangan untuk manusia, minggu dsb
37.	孩子	孩子	（名）	hái zi	anak; bocah

（二） 翻 譯 （Terjemahan）
fān yì

Pelajaran IV.   Anak yang Baik

Kita harus tidur awal dan bangun pagi. Pagi setelah bangun menyikat gigi, mencuci muka, mandi, mengenakan seragam sekolah, makan pagi, minum susu, setelah itu pergi ke sekolah. Di sekolah harus tekun mengikuti pelajaran.

Setelah pulang sekolah, kembali ke rumah, menyelesaikan pekerjaan rumah, membantu Mama menghidangkan makanan, mencuci pakaian, menyapu halaman. Demikian baru merupakan seorang pelajar yang baik, anak yang baik.

二、文 法 （Tata Bahasa）
wén fǎ

（一）   Subjek + 在 + Tempat + Kata Kerja

Pola kalimat ini menyatakan subjek melakukan aktivitas tertentu di suatu tempat. 在 dalam pola kalimat tersebut berarti di.

Subjek		Tempat	Kata Kerja	Arti
我 wǒ	在 zài	學校 xué xiào	喝牛奶。 hē niú nǎi	Saya minum susu di sekolah.
你 nǐ		家裡 jiā lǐ	唱歌。 chàng gē	Kamu bernyanyi di dalam rumah.
他 tā		院子 yuàn zi	跳舞。 tiào wǔ	Dia menari di halaman.

☞ 練 習（Latihan）
　　liàn　xí

洗衣 xǐ yī	學校 xué xiào	吃飯 chī fàn	爸爸 bà ba	做功課 zuò gōng kè

1. 我 在 ＿＿＿＿＿ 上 課。
　 wǒ zài　　　　　 shàng kè

2. 媽 媽 在 院 子 ＿＿＿＿＿。
　 mā ma zài yuàn zi

3. ＿＿＿＿＿在 客 廳 看 報 紙。
　　　　　　 zài kè tīng kàn bào zhǐ

4. 她 在 家 裡 ＿＿＿＿＿。
　 tā zài jiā lǐ

5. 我 們 在 餐 廳＿＿＿＿＿。
　 wǒ men zài cān tīng

（二）　……（以）後，……　(Setelah...)
yǐ　hòu

Pola kalimat ini menunjukkan urutan berlangsungnya dua keadaan atau tindakan. Dalam penggunaannya, dapat digunakan *以後* maupun *後*.

Keadaan atau Tindakan I		Keadaan atau Tindakan II	Arti
洗澡 xǐ zǎo	（以）後， yǐ　hòu	我不出去玩。 wǒ bù chū qù wán	Setelah mandi, saya tidak keluar bermain.
吃晚飯 chī wǎn fàn		我看電視。 wǒ kàn diàn shì	Setelah makan malam, saya nonton tv.
幫媽媽洗衣服 bāng mā ma xǐ yī fú		他去吃早餐。 tā qù chī zǎo cān	Setelah bantu Mama cuci pakaian, dia pergi sarapan.

☞ 練習（Latihan）
　　liàn　xí

起床	回家	早餐	午飯	功課
qǐ chuáng	huí jiā	zǎo cān	wǔ fàn	gōng kè

1. 早 上 我＿＿＿＿＿後，刷 牙、洗 臉、洗 澡。
　 zǎo shàng wǒ　　　　hòu　shuā yá　xǐ liǎn　xǐ zǎo

2. 放 學 後，我＿＿＿＿去。
　 fàng xué hòu　wǒ　　　qù

3. 吃 ＿＿＿＿＿後，我 上 學 去。
　 chī　　　　hòu　wǒ shàng xué qù

4. ＿＿＿＿後，我 和 朋 友 到 公 園 去
　　 hòu　 wǒ　hé　péng　yǒu　dào　gōng　yuán　qù

> 朋友：teman; sahabat
> 公園：taman; taman umum

5. 做 ＿＿＿＿後，我 看 電 視 。
　 zuò　　　　　hòu　wǒ　kàn　diàn　shì

三、活 動（Kegiatan）
　　　 huó　 dòng

課 堂 活 動：她 在 做 什 麼？
kè　táng　huó　dòng　　tā　zài　zuò　shén　me

步驟：

　1. 全班圍成一個圈。

　2. 每人拿一張長型小紙條。

　3. 寫一個人的名字，向下折蓋（老師示範動作），向右傳。

　4. 寫一個地方，再向下折蓋，向右傳。

　5. 寫一件事，再向下折蓋，向右傳。

　6. 每個人看著手上的紙條，由老師示範造句，例如：哈林
　　　在麗雅家做功課。

　7. 每個人學著老師完成句子。

Kegiatan Kelas : Dia Sedang Melakukan Apa?

1. Seluruh siswa membentuk sebuah lingkaran.
2. Setiap orang memegang selembar kertas kecil memanjang.
3. Tuliskan nama seseorang, dilipat dan ditutup ke arah bawah (guru memperagakan
　 gerakannya), diedarkan ke kanan.

4. Tuliskan nama suatu tempat, dilipat dan ditutup ke arah bawah, kemudian diedarkan ke kanan lagi.

5. Tuliskan suatu hal, dilipat dan ditutup ke arah bawah lagi, diedarkan ke arah kanan.

6. Setiap siswa melihat lembaran kertas di tangannya, guru menyusun sebuah kalimat sebagai contoh, misalnya: Halim mengerjakan pekerjaan rumah di rumah Lia.

7. Setiap siswa mengikuti guru untuk menyusun kalimat.

四、課 後 練 習（Latihan Tambahan）
kè　hòu　liàn　xí

（一）漢 語 拼 音 練 習（Latihan *Hanyu Pinyin*）
hàn　yǔ　pīn　yīn　liàn　xí

A. 連 連 看（Menghubungkan）
lián　lián　kàn

zǎo shuì　　　　yīng gāi　　　　yuàn zi　　　　zǎo cān

應該　早睡　起床　早餐　用心　聽課　功課　院子　孩子

yòng xīn　　　gōng kè　　　tīng kè　　　qǐ chuáng　　　hái zi

B. 填 寫 漢 語 拼 音 （Mengisi *hanyu pinyin*）
　　tián xiě hàn yǔ pīn yīn

1.刷 牙 _____　　4.早 起 床 _____

2.動 詞 _____　　5.學 校 _____

3.牛 奶 _____　　6.這 樣 _____

(二) 文 法 練 習 （Latihan Tata Bahasa）
　　　wén fǎ liàn xí

A. Subjek ＋ 在 ＋ Tempat ＋ Kata Kerja

Susunlah kata-kata berikut menjadi kalimat!

例: 家 我 歌 裡 唱 在
　　jiā wǒ gē lǐ chàng zài

<u>我 在 家 裡 唱 歌</u>。
wǒ zài jiā lǐ chàng gē

1. 午飯　在　妹妹　吃　學校

　　_____

2. 客廳　哥哥　功課　在　做

　　_____

3. 院子裡　在　衣服　　爸爸　洗

　　_____

4. 玩　小明家　小英　　在

　　_____

5. 學校　我們　在　跳舞

　　_____

B. ……（以）後，…… (Setelah...)

Susunlah kalimat yang benar dengan menggunakan kata-kata yang diberikan.

例：不出去玩　我　洗澡
　　bù chū qù wán　wǒ　xǐ zǎo

洗 澡 以 後，我 不 出 去 玩。
xǐ zǎo yǐ hòu wǒ bù chū qù wán

1. 吃早餐　姊姊　上學去

_____

2. 妹妹　去公園玩　做功課

_____

3. 幫媽媽　掃院子　放學回家　我

_____

4. 洗澡　我們　吃晚餐

_____

5. 爸爸　出門去　看報紙

_____

(三) 句 子 組 合 練 習 (Menyusun Kalimat)
　　 jù　 zi　 zǔ　 hé　 liàn　 xí

1. 做飯　媽媽　幫　我

_____

2. 應該　我們　聽課　用心

_____

3. 你　為什麼　說話　不

_____

4. 應該　早上起床　以後　吃早餐　刷牙　洗臉

_____

5. 大院子　這　一個　是

_____

（四）漢字練習（Latihan Menulis Huruf Mandarin）
hàn zì liàn xí

動：一 二 千 舌 舌 自 旨 重 重
動 動

動						
動						

應：丶 亠 广 广 厂 庐 庐 府 庐
庐 庐 庐 雁 雁 應 應 應

應						
應						

第 五 課 季 節（Musim）
dì　wǔ　kè　　jì　jié

☆想想看，這兩張圖片有什麼不一樣呢？

(Pikirkan sejenak, apa

perbedaan dari kedua gambar ini?)

一、閱 讀（Wacana）♪ 18
yuè dú

現　在　的　天　氣　很　熱，因　為　是　旱　季。十
xiàn zài　de　tiān qì　hěn rè　yīn wèi shì hàn jì　shí

二　月　的　天　氣　比　較　冷，因　為　是　雨　季。
èr　yuè　de　tiān qì　bǐ　jiào lěng　yīn wèi shì yǔ jì

有 些 國 家 有 四 種 季 節 ，那 就 是 春
yǒu xiē guó jiā yǒu sì zhǒng jì jié nà jiù shì chūn

季、夏 季、秋 季 和 冬 季。春 天 花 開；夏 天
jì xià jì qiū jì hé dōng jì chūn tiān huā kāi xià tiān

很 熱；秋 天 花 謝；冬 天 下 雪。
hěn rè qiū tiān huā xiè dōng tiān xià xuě

我 國 只 有 兩 種 季 節 ，那 就 是 旱 季
wǒ guó zhǐ yǒu liǎng zhǒng jì jié nà jiù shì hàn jì

和 雨 季。旱 季 很 熱；雨 季 比 較 冷。
hé yǔ jì hàn jì hěn rè yǔ jì bǐ jiào lěng

（一）新 字 與 新 詞（Kosakata）♪ 19
xīn zì yǔ xīn cí

1.	季節	季节	（名）	jì jié	musim
2.	天氣	天气	（名）	tiān qì	cuaca
3.	很	很	（副）	hěn	sangat
4.	因為	因为	（連）	yīn wèi	karena; sebab
5.	旱季	旱季	（名）	hàn jì	musim kemarau
6.	十二月	十二月	（名）	shí èr yuè	Desember
7.	十二	十二	（數）	shí èr	dua belas
8.	月	月	（名）	yuè	bulan; rembulan
9.	比較	比较	（副）	bǐ jiào	agak; lebih
10.	冷	冷	（形）	lěng	dingin
11.	雨季	雨季	（名）	yǔ jì	musim hujan

12.	雨	雨	（名）	yǔ	hujan
13.	有些	有些	（指示）	yǒu xiē	ada sejumlah; terdapat sejumlah
14.	國家	国家	（名）	guó jiā	negara; negeri
15.	四種	四种	（量）	sì zhǒng	empat jenis
16.	種	种	（量）	zhǒng	jenis
17.	那就是	那就是	（固定）	nà jiù shì	yaitu
18.	春季	春季	（名）	chūn jì	musim semi
19.	春天	春天	（名）	chūn tiān	musim semi
20.	夏季	夏季	（名）	xià jì	musim panas
21.	秋季	秋季	（名）	qiū jì	musim gugur
22.	冬季	冬季	（名）	dōng jì	musim dingin
23.	和	和	（連）	hé	dan
24.	花	花	（名）	huā	bunga
25.	開	开	（動）	kāi	mekar; buka
26.	謝	谢	（動）	xiè	layu
27.	下雪	下雪	（動）	xià xuě	turun salju
28.	下	下	（動）	xià	menyatakan dari bagian tinggi ke bagian rendah; bagian bawah
29.	只有	只有	（副）	zhǐ yǒu	hanya ada; hanya mempunyai
30.	兩	两	（數）	liǎng	dua

(二)翻 譯（Terjemahan）
fān yì

Pelajaran V.　Musim

Cuaca sekarang sangat panas, karena musim kemarau. Cuaca bulan Desember agak dingin, karena musim hujan.

Ada sejumlah negara mempunyai empat jenis musim, yaitu musim semi, musim panas, musim gugur dan musim salju. Bunga bermekaran saat musim semi; sangat panas ketika musim panas; bunga layu saat musim gugur; turun salju ketika musim dingin.

Negara kita hanya mempunyai dua jenis musim, yaitu musim kemarau dan musim hujan. Musim kemarau sangat panas; musim hujan agak dingin.

二、文 法（Tata Bahasa）
wén fǎ

(一) 為 什 麼　因 為……(Mengapa　Karena...)
wèi shén me　yīn wèi

為什麼 berarti mengapa, digunakan dalam kalimat tanya.　因為 berarti karena, memberikan alasan dari suatu pertanyaan.

為 什 麼 他 不 來？(Mengapa dia tidak datang?)
wèi shén me tā bù lái

他 為 什 麼 不 來？(Dia mengapa tidak datang?)
tā wèi shén me bù lái

因 為 他 不 想 來。(Karena dia tidak ingin datang.)
yīn wèi tā bù xiǎng lái

☞ 練 習（Latihan）
　　liàn　xí

例：他 沒 來 上 課。（生 病）
　　tā　méi　lái shàng kè　　　shēng bìng

　　他 為 什 麼 沒 來 上 課？ 因 為 他 生 病 了。
　　tā　wèi　shén me　méi　lái　shàng kè　　yīn　wèi　tā shēng bìng le

1. 現 在 天 氣 很 熱。（夏 天）
　　xiàn zài　tiān qì　hěn　rè　　　xià　tiān

　　_____　　_____

2. 哥 哥 在 他 朋 友 家。（做 功 課）
　　gē　ge　zài　tā　péng yǒu jiā　　　zuò gōng kè

　　_____　　_____

3. 你 們 不 去 公 園 了。（下 雨）
　　nǐ　men bú　qù　gōng yuán le　　　xià　yǔ

　　_____　　_____

4. 爸 爸 今 天 很 累。（忙）
　　bà　ba　jīn　tiān hěn　lèi　　　máng

　　_____　　_____

5. 你 今 天 沒 去 上 學。（放 假）
　　nǐ　jīn　tiān　méi　qù　shàng xué　　fàng　jià (berlibur)

　　_____　　_____

（二）只 有（Hanya Mempunyai; Hanya Ada）
　　　　zhǐ　yǒu

只有 berarti hanya mempunyai atau hanya ada.

Subjek + 只 有 + Objek
zhǐ yǒu

Subjek		Objek	Arti
他 tā	只 有 zhǐ yǒu	一 個 弟 弟。 yí ge dì di	Dia hanya mempunyai satu Adik lelaki
這 裡 zhè lǐ		你 和 我。 nǐ hé wǒ	Di sini hanya ada kamu dan saya.

☞ 練 習（Latihan）
liàn xí

例：我 有 一 瓶 牛 奶。
　　wǒ yǒu yì píng niú nǎi

　　我 只 有 一 瓶 牛 奶。
　　wǒ zhǐ yǒu yì píng niú nǎi

```
盾: rupiah
```

1. 妹 妹 有 一 萬 盾。
　 mèi mei yǒu yí wàn dùn

　　_____

2. 我 家 有 一 隻 狗。
　 wǒ jiā yǒu yì zhī gǒu

　　_____

3. 教 室 有 一 個 黑 板。
　 jiào shì yǒu yí ge hēi bǎn

　　_____

4. 他 有 一 個 妹 妹。
   tā yǒu yí ge mèi mei

_____

5. 弟 弟 有 一 枝 筆。
   dì di yǒu yì zhī bǐ

_____

(三) 如何（Bagaimana）
    rú hé

如何 berarti bagaimana, digunakan untuk menanyakan keadaan.

你 如 何 到 這 兒 來？(Bagaimana kamu datang ke sini?)
nǐ rú hé dào zhèr lái

你 覺 得 如 何？(Bagaimana pendapatmu?) atau (Bagaimana perasaanmu?)
nǐ jué de rú hé

☞ 練 習（Latihan）
  liàn xí

例：我 是 走 路 來 的。（坐 車）
    wǒ shì zǒu lù lái de   zuò chē

你 是 如 何 來 的？ 我 是 坐 車 來 的。
nǐ shì rú hé lái de   wǒ shì zuò chē lái de

1. 我 是 坐 車 來 的。（跑 步）
  wǒ shì zuò chē lái de   pǎo bù (berlari)

_____   _____

2. 妹 妹 是 跑 步 來 的。（走 路）
  mèi mei shì pǎo bù lái de   zǒu lù (berjalan kaki)

_____   _____

3. 他 是 坐 車 來 的。（騎 腳 踏 車）
   tā shì zuò chē lái de   qí jiǎo tà chē (naik sepeda)

   _____   _____

4. 麗 娜 是 跑 步 來 的。（開 車）
   lì nà shì pǎo bù lái de   kāi chē (mengendarai mobil)

   _____   _____

（四）哪兒（Mana）
nǎr

哪兒 berarti mana, digunakan untuk menanyakan tempat.

你 去 哪 兒？（Kamu pergi ke mana?）
nǐ qù nǎr

他 在 哪 兒？（Dia di mana?）
tā zài nǎr

☞ 練 習（Latihan）
liàn xí

例：他 們 去 學 校。（哈 山 家）
tā men qù xué xiào   hā shān jiā

他 們 去 哪 兒？ 他 們 去 哈 山 家。
tā men qù nǎr   tā men qù hā shān jiā

1. 哈 山 去 他 家。（公 園）
   hā shān qù tā jiā   gōng yuán

   _____   _____

2. 我 去 學 校。（朋 友 家）
   wǒ qù xué xiào   péng yǒu jiā

   _____   _____

3. 他 去 哈 林 家。（院 子）
   tā qù hā lín jiā   yuàn zi

   _____   _____

4. 媽 媽 去 公 園。（餐 廳）
   mā ma qù gōng yuán   cān tīng

   _____   _____

5. 姊 姊 去 學 校。（客 廳）
   jiě jie qù xué xiào   kè tīng

   _____   _____

（五）補 充 新 字 與 新 詞（Kosakata Tambahan）♫ 20
     bǔ chōng xīn zì yǔ xīn cí

1.	來	来	（動）	lái	datang; sampai
2.	朋友	朋友	（名）	péng yǒu	teman; sahabat
3.	公園	公园	（名）	gōng yuán	taman; taman umum
4.	累	累	（形）	lèi	lelah; cape; penat
5.	錢	钱	（名）	qián	uang; duit
6.	到	到	（動）	dào	tiba; sampai; pergi ke
7.	這兒	这儿	（代）	zhèr	sini
8.	覺得	觉得	（動）	jué de	merasa: pendapat; hemat

三、活 動（Kegiatan）
huó dòng

課 堂 活 動 一：看 圖 說 話
kè táng huó dòng yī kàn tú shuō huà

這是一個國家的季節……

有哪幾種季節？

你最喜歡哪一種季節？為什麼？

Kegiatan Kelas Pertama : Melihat Gambar dan Bercerita

Ini adalah musim suatu negara

Ada jenis musim apa saja?

Kamu paling menyukai musim apa? Mengapa?

課 堂 活 動 二：五 個 為 什 麼
kè táng huó dòng èr wǔ ge wèi shén me

同學們，想想看你們有哪些問題要問自己？

步驟：

1. 兩人一組。

2. 每人在紙上寫下問自己的五個問題。

　　例如　　B：我什麼時候起床？　　為什麼我喜歡你？⋯⋯

3. 兩人交換寫好的五個問題。

4. A 拿著 B 的紙張，問 B 所寫下的問題。

　　例如 A 問 B：「你什麼時候起床？」

Kegiatan Kelas Kedua : Lima Pertanyaan Mengapa

Para siswa, coba kalian pikirkan adakah pertanyaan yang ingin kalian tanyakan kepada diri sendiri.

<u>Langkah-langkah</u>:

1. Dua orang satu kelompok.
2. Setiap orang menulis di atas kertas, lima pertanyaan yang ditanyakan kepada diri sendiri.

   Misalnya B: Kapan saya bangun?　　Mengapa saya menyukai kamu? …
3. Dua siswa menukarkan lima pertanyaan yang telah dituliskan.
4. A memegang kertas B, menanyakan pertanyaan yang dituliskan B.

   Misalnya siswa A menanyakan kepada siswa B : "Kapan kamu bangun tidur?"

四、課　後　練　習（Latihan Tambahan）
　　kè　　hòu　　liàn　　xí

(一)漢　語　拼　音　練　習（Latihan *Hanyu Pinyin*）
　　hàn　　yǔ　　pīn　　yīn　　liàn　　xí

A. 連 連 看（Menghubungkan）
lián lián kàn

天氣　現在　因為　旱季　很冷　有些　春季　花開　季節　很熱

xiàn zài　jì jié　huā kāi　yǒu xiē　hàn jì　tiān qì　hěn rè　hěn lěng　yīn wèi　chūn jì

B. 填 寫 漢 語 拼 音（Mengisi *hanyu pinyin*）
tián xiě hàn yǔ pīn yīn

1. 雨 季 _____

2. 春 夏 _____

3. 和 _____

4. 下 雪 _____

5. 秋 冬 _____

6. 有 _____

（二） 文 法 練 習（Latihan Tata Bahasa）
wén fǎ liàn xí

A. 完 成 對 話（Menyelesaikan percakapan）
wán chéng duì huà

A：你們國家_有_幾種_季節_？

B：我國 _____ 。

A：現在 _____如何？

B：天氣 _____ ，因為是_____ 。

A：那 _____呢？

B：_____天氣比較____ 。

B. 只 有（Hanya mempunyai; hanya ada）
zhǐ yǒu

例：我 有 兩 瓶 牛 奶。（他 一瓶）
wǒ yǒu liǎng píng niú nǎi tā yì píng

他 只 有 一 瓶 牛 奶。
tā zhǐ yǒu yì píng niú nǎi

1. 我們有兩萬盾。（你 一萬）

_____

2. 美美有三隻貓。（哈林 兩隻）

_____

3. 學校有很多黑板。（教室 一個）

_____

4. 他有四個妹妹。（我 一個）

_____

5. 哥哥有八本書。（弟弟 五本）

_____

C. 如 何（Bagaimana）
rú hé

例：我 覺 得 很 好。（不 錯）
wǒ jué de hěn hǎo bú cuò (cukup baik)

你 覺 得 如 何？我 覺 得 不 錯。
nǐ jué de rú hé wǒ jué de bú cuò

1. 他覺得不錯。 （很 好 玩）
hěn hǎo wán (sangat menarik)

_____   _____

2. 弟弟覺得很好。 （很 有 趣）
hěn yǒu qù (sangat menghibur hati)

_____   _____

3. 哈山覺得不錯。 （不好玩）

_____   _____

4. 妹妹覺得很有趣。 （很 開 心）
kāi xīn (gembira)

_____   _____

5.我覺得很高興。 （還好）
gāo xìng (gembira)

_____   _____

D. 哪 兒（Mana）
nǎr

例： 他 們 在 學 校。（我 家）
tā men zài xué xiào wǒ jiā

他 們 在 哪 兒？ 他 們 在 我 家。
tā men zài nǎr tā men zài wǒ jiā

1. 小明去學校。 （公園）

_____   _____

2. 我在哈山家做功課。 （書 房）
   shū fáng (kamar baca dan tulis)

   _____   _____

3. 小狗在院子裡。 （客廳）

   _____   _____

4. 妹妹在客廳睡覺。 （房 間）
   fáng jiān (kamar)

   _____   _____

5. 小英在教室喝綠茶。 （餐廳）
   lǜ chá (teh hijau)

   _____   _____

E. 為 什 麼　因 為……（Mengapa　karena...）
   wèi shén me　yīn wèi

   Gunakan 為什麼 untuk membuat kalimat tanya, kemudian berikan jawabannya
   dengan menggunakan 因為！

   例: 我 想 學 中 文。
   wǒ xiǎng xué zhōng wén

   你 為 什 麼 想 學 中 文？因 為 我 想 來 台 灣 玩。
   nǐ wèi shén me xiǎng xué zhōng wén　yīn wèi wǒ xiǎng lái tái wān wán

1. 媽媽今天去學校。

   _____ _____

2. 妹妹不去公園玩。

   _____ _____

3. 他不和你去打球。

   _____ _____

4. 我不喜歡小狗。

   _____ _____

5. 你們的中文說得很好。

   _____ _____

(三) 句 子 組 合 練 習（Menyusun Kalimat）
　　 jù　zi　zǔ　 hé　liàn　xí

1. 四　　有些　　季節　　國家　　有　　　種

   有 些 國 家 有 四 種 季 節。

2. 月　　天氣　　是　　因為　　的　　比較　　雨季　　十二　　冷

   _____

3. 是　　和　　春季　　就　　秋季　　那　　冬季　　夏季

   _____

4. 個　　兩種　　只有　　季節　　那　　國家

_____

5. 到了　　都　　花兒　　春天　　了　　開

_____

(四) 漢 字 練 習（Latihan Menulis Huruf Mandarin）
　　　 hàn　zì　liàn　xí

因 ： 丨　冂　冃　冃　困　因

因						
因						

雨 ： 一　厂　厅　币　雨　雨　雨　雨

雨						
雨						

季： 一 二 千 禾 禾 禾 季 季

季							
季							

月： 丿 几 月 月

月							
月							

第 六 課　天 氣（**Cuaca**）
dì　liù　kè　tiān　qì

☆你聽過這首歌嗎？

淅瀝淅瀝，嘩啦嘩啦，雨下來了！
我的媽媽帶著雨傘來給我。

淅瀝淅瀝，嘩啦啦啦，啦啦啦啦。

Apakah kamu pernah mendengar lagu ini?
Xi li xi li, hua la hua la, telah turun hujan!
Mama saya datang membawa payung untuk saya.
Xi li xi li, hua la la la, la la la la.

一、會 話（Percakapan）♩21
huì　huà

燕 妮：弟 弟，就 要 下 雨 了，你
yàn　nī　　dì　di　jiù　yào　xià　yǔ　le　　nǐ

　　　　出 門 有 沒 有 帶 雨 傘？
　　　　chū　mén　yǒu　méi　yǒu　dài　yǔ　sǎn

哈 山：我 沒 有 帶 雨 傘，不 過
hā　shān　wǒ　méi　yǒu　dài　yǔ　sǎn　bú　guò

　　　　我 帶 了 雨 衣。
　　　　wǒ　dài　le　yǔ　yī

燕妮：你為什麼不買一把雨傘呢？
yàn nī　nǐ wèi shén me bù mǎi yì bǎ yǔ sǎn ne

哈山：好的，我明天就去買一把雨傘。
hā shān　hǎo de　wǒ míng tiān jiù qù mǎi yì bǎ yǔ sǎn

　　　　姊姊，現在是雨季嗎？
　　　　jiě jie　xiàn zài shì yǔ jì ma

燕妮：是啊，兩個月後就是旱季。你要去
yàn nī　shì a　liǎng ge yuè hòu jiù shì hàn jì　nǐ yào qù

　　　哪兒？
　　　nǎr

哈山：我要去找我的同學。
hā shān　wǒ yào qù zhǎo wǒ de tóng xué

燕妮：你什麼時候回家？
yàn nī　nǐ shén me shí hòu huí jiā

哈山：我下午就回來。我先走了，再見。
hā shān　wǒ xià wǔ jiù huí lái　wǒ xiān zǒu le　zài jiàn

燕妮：再見。
yàn nī　zài jiàn

(一)新字與新詞（Kosakata）♪22
　　　xīn zì yǔ xīn cí

1.　就要　　就要　　（副）　　jiù yào　　segera akan; baru saja mau

2.　要　　　要　　　（助）　　　yào　　　mau; ingin

92

3.	出去	出去	（動）	chū qù	keluar
4.	有沒有	有没有	（固定）	yǒu méi yǒu	ada atau tidak ada; ada 'nggak
5.	沒有	没有	（動）	méi yǒu	tidak ada; tak punya
6.	帶	带	（動）	dài	membawa
7.	雨傘	雨伞	（名）	yǔ sǎn	payung
8.	傘	伞	（名）	sǎn	payung
9.	不過	不过	（副）	bú guò	tetapi; namun
10.	雨衣	雨衣	（名）	yǔ yī	baju hujan
11.	買	买	（動）	mǎi	membeli
12.	把	把	（量）	bǎ	kata bantu bilangan untuk alat yang bertangkai
13.	呢	呢	（助）	ne	dipakai sebagai penutup kalimat tanya
14.	就	就	（副）	jiù	segera; dalam waktu yang singkat
15.	明天	明天	（名）	míng tiān	besok
16.	找	找	（動）	zhǎo	mengunjungi; ingin menemui; mencari

(二) 翻　譯（Terjemahan）
fān　yì

Yanni　: "Adik, segera akan turun hujan, kamu keluar bawa payung 'nggak?"

Hasan　: "Saya 'nggak bawa payung, tapi saya sudah bawa baju hujan."

Yanni　: "Mengapa kamu tidak membeli sebuah payung?"

Hasan　: "Baiklah, besok saya akan pergi membeli payung. Kak, apakah sekarang musim hujan?"

Yanni　: "Ya, dua bulan kemudian musim kemarau. Kamu mau ke mana?"

Hasan　: "Saya pergi mengunjungi teman sekolah saya."

Yanni　: "Kapan kamu kembali ke rumah?"

Hasan　: "Saya pulang sore hari. Saya berangkat dulu, Kak."

Yanni　: "Sampai jumpa."

(三) 補　充　新　字　與　新　詞（Kosakata Tambahan）♬ 23
bǔ　chōng xīn　zì　yǔ xīn　cí

1.	戴	戴	（動）	dài	memakai; mengenakan
2.	帽子	帽子	（名）	mào zi	topi
3.	眼鏡	眼镜	（名）	yǎn jìng	kaca mata
4.	追	追	（動）	zhuī	mengejar; memburu; mengusut
5.	逃	逃	（動）	táo	melarikan diri; meloloskan diri
6.	跳	跳	（動）	tiào	melompat; meloncat
7.	聞	闻	（動）	wén	mencium; membau
8.	說	说	（動）	shuō	berkata
9.	寫	写	（動）	xiě	menulis

10.	想	想	（動）	xiǎng	ingin; berpikir
11.	賣	卖	（動）	mài	menjual
12.	讀	读	（動）	dú	membaca; belajar
13.	坐	坐	（動）	zuò	duduk; naik atau menumpang alat transportasi
14.	站	站	（動）	zhàn	berdiri
15.	躺	躺	（動）	tǎng	berbaring; merebahkan diri; ber-sandar ke
16.	爬	爬	（動）	pá	merangkak; merayap; memanjat; mendaki
17.	捉	捉	（動）	zhuō	menangkap; memegang

二、文 法（Tata Bahasa）
wén   fǎ

（一） Subjek＋就 要 / 將 要＋Kata Kerja＋（了）
jiù   yào   jiāng yào

「就要」atau「將要」menunjukkan segera akan terjadi hal atau tindakan tertentu. Tanda (…) dari (了) berarti kalimat tersebut dapat dibentuk dengan maupun tanpa 了.

Subjek		Kata Kerja		Arti
	就 要 jiù yào atau 將 要 jiāng yào	下 雨 xià yǔ	了。 le	Segera akan turun hujan.
公 車 gōng chē		來 lái		Bis akan segera datang.
媽 媽 mā ma		洗 衣 服 xǐ yī fú	（了）。 le	Mama segera akan mencuci pakaian.

☞ 練 習（Latihan）
　　liàn xí

明 天	出 去	就 要	掃 院 子	上 學
míng tiān	chū qù	jiù yào	sǎo yuàn zi	shàng xué

1. 我 就 要 ＿＿＿＿＿＿＿＿ 。
　wǒ jiù yào

2. 弟 弟 ＿＿＿＿＿＿＿＿做 功 課 。
　dì di 　　　　　　　　zuò gōng kè

3. 妹 妹 就 要 ＿＿＿＿＿＿＿了 。
　mèi mei jiù yào 　　　　　　　le

4. 媽 媽 就 要＿＿＿＿＿＿＿＿ 。
　mā ma jiù yào

5. ＿＿＿＿爸 爸 就 要 回 來 了 。
　　　　　bà ba jiù yào huí laí le

（二） **Subjek＋什 麼 時 候＋Kata Kerja + Objek**
　　　　　　　shén me shí hòu

什麼時候 berarti kapan, digunakan untuk menanyakan waktu.

Subjek		Kata Kerja	Objek	Arti
哈 林 hā lín	什麼時候 shén me shí hòu	吃 chī	早 餐？ zǎo cān	Kapan Halim sarapan?
你 nǐ		回 huí	家？ jiā	Kapan kamu pulang ke rumah?
爸 爸 bà ba		睡 shuì	覺？ jiào	Kapan Papa tidur?

☞ 練 習（Latihan）
liàn xí

起 床	睡 覺	什 麼 時 候	吃 午 餐	去 台 灣
qǐ chuáng	shuì jiào	shén me shí hòu	chī wǔ cān	qù tái wān

(Taiwan)

1. 你 早 上 什 麼 時 候 _____？
   nǐ zǎo shàng shén me shí hòu

2. 妹 妹_____ 放 學？
   mèi mei   fàng xué

3. 爸 爸 什 麼 時 候_____？
   bà ba shén me shí hòu

4. 晚 上，弟 弟 什 麼 時 候_____？
   wǎn shàng dì di shén me shí hòu

(三) 氣 溫 的 說 法（Cara Menyebutkan Suhu）♫ 24
qì wēn de shuō fǎ

(1) 二 十 九 度 。
    èr shí jiǔ dù

(2) 攝 氏 二 十 九 度 。
    shè shì èr shí jiǔ dù

(3) 今 天 的 氣 溫 是 攝 氏 二 十 九 度 。
    jīn tiān de qì wēn shì shè shì èr shí jiǔ dù

(4) 今 天 天 晴，氣 溫 是 攝 氏 三 十 度 。
    jīn tiān tiān qíng qì wēn shì shè shì sān shí dù

(5) 明 天 會 下 陣 雨，氣 溫 是 攝 氏 三 十 度 。
    míng tiān huì xià zhèn yǔ qì wēn shì shè shì sān shí dù

新字與新詞（Kosakata） ♪25

xīn zì yǔ xīn cí

1.	度	度	（量）	dù	derajat
2.	氣溫	气温	（名）	qì wēn	suhu udara; suhu hawa
3.	零	零	（數）	líng	nol
4.	一	一	（數）	yī	satu
5.	二	二	（數）	èr	dua
6.	三	三	（數）	sān	tiga
7.	四	四	（數）	sì	empat
8.	五	五	（數）	wǔ	lima
9.	六	六	（數）	liù	enam
10.	七	七	（數）	qī	tujuh
11.	八	八	（數）	bā	delapan
12.	九	九	（數）	jiǔ	sembilan
13.	十	十	（數）	shí	sepuluh
14.	攝氏	摄氏	（名）	shè shì	Celsius
15.	晴天	晴天	（名）	qíng tiān	hari cerah
16.	雨天	雨天	（名）	yǔ tiān	hari hujan
17.	陣雨	阵雨	（名）	zhèn yǔ	hujan yang turunnya hanya sebentar

18.	颱風	刮风	（動）	guā fēng	berangin
19.	打雷	打雷	（動）	dǎ léi	mengguntur; bergemuruh
20.	閃電	闪电	（動）	shǎn diàn	petir; kilat
21.	多雲	多云	（動）	duō yún	berawan; banyak awan

三、活 動（Kegiatan）
huó　dòng

課 堂 活 動：老 師 說
kè　táng　huó　dòng　lǎo　shī　shuō

大家要注意聽老師說的話。

步驟：

1. 注意聽老師說的話，並做出老師說的動作。

2. 老師下指令時，前面一定要加上「老師說」這三個字。

若沒有加上「老師說」則不能做這個動作。

Kegiatan Kelas : Guru Berkata
Semua siswa harus dengan penuh perhatian mendengarkan kata-kata yang diucapkan
oleh guru.
Langkah-langkah:
1. Dengarkan dengan penuh perhatian, kata-kata yang diucapkan oleh guru,
kemudian lakukan gerakan yang disebutkan oleh guru.

2. Ketika guru memberikan perintah, pada awal perintah harus terdapat "guru berkata". Jika tidak disebutkan "guru berkata" maka tidak boleh melakukan gerakan tersebut.

四、課 後 練 習 （Latihan Tambahan）
kè　hòu　liàn　xí

（一）填 寫 漢 語 拼 音 （Mengisi *Hanyu Pinyin*）
tián　xiě　hàn　yǔ　pīn　yīn

1. 不 過　＿＿＿＿＿　　4. 晴 天　＿＿＿＿＿

2. 颱 風　＿＿＿＿＿　　5. 戴 帽 子　＿＿＿＿＿

3. 聽　＿＿＿＿＿　　6. 想　＿＿＿＿＿

（二）文 法 練 習 （Latihan Tata Bahasa）
wén　fǎ　liàn　xí

A. Subjek＋就 要／將 要＋Kata Kerja＋（了）

Susunlah kata-kata berikut menjadi kalimat.

例：就要　了　公 車　來

公 車 就 要 來 了。

1. 到　就要　了　春天

_____

2. 大　雨　明天　將　下　要

_____

3. 了　就要　臺灣　阿民　回
　　　　　　　tái wān (Taiwan)

_____

4. 明年　上學　了　妹妹　就要
　　míng nián (tahun depan)

_____

5. 就要　花　了　裡　開　院子　的

_____

B. Subjek＋什麼時候＋Kata Kerja＋Objek

Ubahlah kalimat berikut menjadi kalimat tanya dan berikan jawaban seperti pada contoh!

例：他今天會去學校。（明天）

他什麼時候會去學校？

明天。他明天會去學校。

1. 他們中午到家。（下午三點）
   zhōng wǔ (siang)　　　　sān diǎn (pukul 15.00)

   _____？

   _____。_____。

2. 我今天去燕妮家做功課。（明天）

   _____？

   _____。_____。

3. 舅舅下個月去臺北。　　　（今晚）
   tái běi (Taipei)　　jīn wǎn (malam ini)

   _____？

   _____。_____。

4. 我們到公園騎腳踏車。　　　（星期天）
   qí jiǎo tà chē (naik sepeda)　xīng qī tiān (hari Minggu)

   _____？

   _____。_____。

5. 小弟弟明年上學。　　　（今年三月）

   _____？

   _____。_____。

（三）氣 溫 的 說 法（Cara Menyebutkan Suhu）

例：今 天 天 晴，氣 溫 是 三 十 度。（會下雨 二十八）

<u>今 天 會 下 雨，氣 溫 是 二 十 八 度。</u>

1. 今天天氣很好，氣溫是三十度。（天晴）

   _____

2. 明天天晴，氣溫是攝氏三十度。（颱風 二十六）

   _____

3. 昨天下陣雨，氣溫是二十九度。（打雷 二十七）
   zuó tiān (kemarin)

   _____

4. 星期一的天氣是多雲，
   xīng qī yī (hari Senin)

   氣溫是攝氏二十五度。　　　　　（星期二 下大雨）
   　　　　　　　　　　　　　　　xīng qī èr (hari Selasa)

   _____

5. 今天是雨天，氣溫是二十度。（攝氏二十八）

   _____

（四）看 圖 完 成 句 子（Melihat Gambar dan Menjawab）
　　　kàn　tú　wán chéng　jù　zi

　1. 弟弟在地上 _____ 著。

2. 他_____雨衣、_____雨傘。

3. 妹妹在_____。

4. 哥哥在_____書。

5. 妹妹在_____。

(五) 選 詞 填 空 （Memilih dan Mengisi Kata）
xuǎn cí   tián kòng

Kata-kata dalam kurung dapat digunakan lebih dari satu kali.

買	做	什麼時候	唱	吃	說	就要	戴

1. 媽媽_____衣服。

2. 他在_____功課。

3. 我_____睡覺了。

4. 妹妹_____著眼鏡。

5. 爸爸在_____話。

6. 哥哥在_____飯。

7. 哈林_____洗澡？

8. 姊姊在_____歌。

9. 你_____刷牙？

10. 他們_____出去了。

(六) 漢字練習（Latihan Menulis Huruf Mandarin）
　　　hàn　zì　liàn　xí

去： 一　十　土　去　去

去						
去						

找： 一　十　扌　扩　找　找

找						
找						

走： 一 十 土 キ キ 走

走							
走							

第七課　數數（**Menghitung Bilangan**）
dì　qī　kè　　shǔ　shù

☆動起來，一起唱，找到你的好夥伴。

一、二、三、四、五、六、七，

我的朋友在哪裡？

在這裡，在這裡，我的朋友在這裡。

Beraksi, bernyanyi bersama-sama,

menemukan teman baikmu.

Satu, dua, tiga, empat, lima, enam,

tujuh, teman saya di mana?

Di sini, di sini, teman saya di sini.

一、閱　讀（Wacana）♪ 26
　　yuè　dú

　　叔　叔　有　一　間　屋
　　shū　shu　yǒu　yì　jiān　wū

子　還　有　兩　輛　腳　踏　車。
zi　hái　yǒu liǎng liàng jiǎo　tà　chē

叔　叔　和　我　騎　腳　踏　車
shū　shu　hé　wǒ　qí　jiǎo　tà　chē

到 河 邊 玩 ，我 看 到 河 邊 有 四 隻 牛 在 吃
dào hé biān wán wǒ kàn dào hé biān yǒu sì zhī niú zài chī

草 ，也 看 到 水 裡 有 五 條 魚 。天 上 有 六 朵
cǎo yě kàn dào shuǐ lǐ yǒu wǔ tiáo yú tiān shàng yǒu liù duǒ

雲 ，很 像 三 隻 羊 ，也 像 六 隻 公 雞 。
yún hěn xiàng sān zhī yáng yě xiàng liù zhī gōng jī

我 們 在 河 邊 吃 蝦 和 木 瓜 ，今 天 是
wǒ men zài hé biān chī xiā hé mù guā jīn tiān shì

快 樂 的 一 天 。
kuài lè de yì tiān

（一） 新 字 與 新 詞 （Kosakata） ♪ 27
　　　　 xīn zì yǔ xīn cí

1. 一　　一　　（數）　yī　　satu

2. 二　　二　　（數）　èr　　dua

3. 三　　三　　（數）　sān　　tiga

4. 四　　四　　（數）　sì　　empat

5. 五　　五　　（數）　wǔ　　lima

6. 六　　六　　（數）　liù　　enam

7. 間　　间　　（量）　jiān　　kata bantu bilangan untuk rumah, kamar dsb

8. 屋子　屋子　（名）　wū zi　rumah

9.	輛	辆	（量）	liàng	kata bantu bilangan untuk kenda-raan
10.	腳踏車	脚踏车	（名）	jiǎo tà chē	sepeda
11.	踏	踏	（動）	tà	menginjak
12.	到	到	（動）	dào	tiba; datang; pergi ke; berangkat ke
13.	河邊	河边	（名）	hé biān	tepi sungai
14.	玩	玩	（動）	wán	bermain; bersenang-senang
15.	看到	看到	（動）	kàn dào	melihat; tampak
16.	隻	只	（量）	zhī	kata bantu bilangan untuk hewan berkaki, kapal laut dsb
17.	草	草	（名）	cǎo	rumput
18.	水	水	（名）	shuǐ	air
19.	條	条	（量）	tiáo	kata bantu bilangan untuk ikan, ular, benda berbentuk batangan, jalan, celana dsb
20.	魚	鱼	（名）	yú	ikan
21.	天上	天上	（名）	tiān shàng	langit; angkasa
22.	朵	朵	（量）	duǒ	kata bantu bilangan untuk bunga dan awan
23.	雲	云	（名）	yún	awan
24.	像	像	（動）	xiàng	mirip; seperti

25.	羊	羊	（名）	yáng	kambing
26.	公雞	公鸡	（名）	gōng jī	ayam jantan
27.	蝦	虾	（名）	xiā	udang
28.	木瓜	木瓜	（名）	mù guā	pepaya
29.	快樂	快乐	（動）	kuài lè	senang; gembira

（二）翻 譯（Terjemahan）
fān yì

Pelajaran VII.　Menghitung Bilangan

Paman memiliki sebuah rumah dan dua buah sepeda. Paman dan saya naik sepeda pergi bermain ke tepi sungai, saya melihat di tepi sungai ada empat ekor sapi sedang makan rumput dan melihat ada lima ekor ikan di dalam air. Di atas langit terdapat lima gumpal awan, sangat mirip tiga ekor kambing, juga mirip enam ekor ayam jantan.

Kami makan udang dan pepaya di tepi sungai, hari ini merupakan hari yang menyenangkan.

（三）補 充 新 字 與 新 詞（Kosakata Tambahan）♪28
bǔ chōng xīn zì yǔ xīn cí

1.	房子	房子	（名）	fáng zi	rumah
2.	公車	公车	（名）	gōng chē	bis
3.	張	张	（量）	zhāng	kata bantu bilangan untuk meja, kursi, ranjang, kertas dsb
4.	火車票	火车票	（名）	huǒ chē piào	tiket kereta api
5.	票	票	（名）	piào	tiket
6.	紙	纸	（名）	zhǐ	kertas
7.	人	人	（名）	rén	manusia; orang

8.	把	把	（量）	bǎ	kata bantu bilangan untuk alat yang bertangkai, bergagang dsb
9.	本	本	（量）	běn	kata bantu bilangan untuk buku, majalah, bundelan dsb
10.	課本	课本	（名）	kè běn	buku pelajaran
11.	片	片	（量）	piàn	kata bantu bilangan untuk benda yang pipih, awan dsb
12.	葉子	叶子	（名）	yè zi	daun
13.	玻璃	玻璃	（名）	bō lí	kaca

二、文 法（Tata Bahasa）
wén   fǎ

數 量 詞（Kata Bantu Bilangan）
shù liàng cí

Kata bantu bilangan adalah kata yang digunakan bersama dengan angka untuk menyatakan kuantitas suatu kata benda.

$$\underset{\text{shù   cí}}{數\ 詞}+\underset{\text{shù liàng cí}}{數\ 量\ 詞}+\underset{\text{míng cí}}{名\ 詞}$$

🚲🚲🚲🚲　＝　4　x　🚲　→　4 <u>輛</u> 🚲

　　　　　　　　　　　　　　　liàng

→ 四 <u>輛</u> 腳 踏 車
sì liàng jiǎo tà chē

🌷 🌷 🌷 = 3 x 🌷 → 3 <u>朵</u> 🌷
                      duǒ

→ 三 <u>朵</u> 花
   sān duǒ huā

☞ 練 習（Latihan）
   liàn xí

例：一 ___ 人　　一 <u>個</u> 人
    yí   rén   yí ge rén

1. 一 ___ 公 車
   yí   gōng chē

2. 四 ___ 牛
   sì   niú

3. 十 ___ 紙
   shí   zhǐ

4. 二 十 ___ 木 瓜
   èr shí   mù guā

5. 一 ___ 火 車 票
   yì   huǒ chē piào

6. 三 ___ 尺
   sān   chǐ

7. 六 ___ 蝦
   liù   xiā

8. 五 ___ 狗
   wǔ   gǒu

9. 十 六 ___ 課 本
   shí liù   kè běn

10. 十 一 ___ 玻 璃
   shí yī   bō lí

三、活 動（Kegiatan）
   huó dòng

課 堂 活 動 一：支 援 你 的 朋 友
kè táng huó dòng yī   zhī yuán nǐ de péng yǒu

前線需要你的支援，你可以幫助他嗎？聽好所需要的資

源，送去前線幫助你的朋友！

步驟：

　　1.分成四組，各組派出一人為前線，其他人為蒐集者，
　　　 把東西送到前線。

　　2.宣布所要蒐集的東西。
　　　 例：我要5枝藍筆、7枝紅筆、3件外套、10本課本、
　　　　　 9條鞋帶。

　　3.蒐集完所有東西並大聲說出自己蒐集到的東西。

Kegiatan Kelas Pertama : Menyokong Temanmu

　　Garis depan memerlukan dukunganmu, apakah kamu bisa membantunya? Dengar dengan baik bantuan yang diperlukan, antarkan ke garis depan untuk menyokong temanmu.

Langkah-langkah:

1. Kelas dibagi menjadi empat kelompok, setiap kelompok mengutus seorang sebagai garis depan, siswa lain sebagai pengumpul sumber daya dan mengantarkannya ke garis depan.

2. Umumkan barang yang perlu dikumpulkan.

　Misalnya: Saya memerlukan lima buah pena biru, tujuh buah pena merah, tiga buah jaket, 10 buah buku pelajaran, sembilan helai tali sepatu.

3. Kumpulkan semua barang dan umumkan dengan suara keras, barang yang telah dikumpulkan.

課 堂 活 動 二：七 手 八 腳
kè táng huó dòng èr　　qī shǒu bā jiǎo

　　大家一起來，看誰的反應快。

步驟：

　　1.男生一組，女生一組。
　　2.黑板的左邊寫上10~90，右邊寫上0到9。

3. 老師說一個位數。同學們用手按住那個位數。不要鬆
   手，同組同學一個接著一個上臺按住老師所說的位數。
   例：老師說→56，同學就必須用兩手按住 50 和 6。

4. 直到有人碰不到黑板上的位數為止。臺前的人數就是
   這組所得到的分數。

5. 進階→位數改為百位、千位或寫上三個位數由兩人三
   手來答題。

Kegiatan Kelas Kedua : Tujuh Tangan Delapan Kaki

Semuanya bermain bersama-sama, cari tahu siapa yang bereaksi paling cepat.

Langkah-langkah:

1. Laki-laki satu kelompok; perempuan satu kelompok.

2. Tuliskan 10-90 pada papan tulis bagian kiri, 0-9 pada papan tulis bagian
   kanan.

3. Guru mengatakan suatu angka; murid-murid menggunakan tangan
   menutupi angka itu, jangan terlepas. Siswa sekelompok satu per satu maju
   ke depan menutupi angka yang disebutkan guru.

   Misalnya: Jika guru mengatakan 56, maka siswa harus menggunakan dua
   tangan menutupi 50 dan 6.

4. Permainan dihentikan apabila siswa tidak bisa lagi menyentuh angka di
   papan tulis. Jumlah siswa di depan kelas merupakan nilai yang diperoleh
   oleh kelompok tersebut.

5. Lebih lanjut, angka diubah menjadi ratusan, ribuan atau tuliskan
   kelompok angka yang terdiri atas tiga digit untuk dijawab oleh dua orang
   dengan menggunakan tiga tangan.

四、課 後 練 習（Latihan Tambahan）
kè hòu liàn xí

(一) 文 法 練 習（Latihan Tata Bahasa）
wén fǎ liàn xí

A. 看 圖 寫 出 正 確 的 答 案（Lihat gambar dan menjawab）
kàn tú xiě chū zhèng què de dá àn

例：🚗🚗🚗🚗 ＝ __4__ x 🚗 → 四 輛 車

1. ＝ ___ x → _____

2. ＝ ___ x → _____

3. ＝ ___ x → _____

4. ＝ ___ x → _____

5. ＝ ___ x → _____

B. 填 寫 數 量 詞（Mengisi kata bantu bilangan）
tián xiě shù liàng cí

個　輛　張　本　隻　條　朵　間

例：我家有三_輛_腳踏車，一_輛_是我的，

兩_輛_是媽媽的。

1. 我家有一____汽車，爸爸喜歡開車帶我們去玩。

2. 我需要九____紙，可以拿給我嗎？

3. 他送我六＿＿＿花。

4. 我家養了十＿＿＿很可愛的羊。

5. 這學期我們需要三＿＿＿華語課本。

(二) 句 子 組 合 練 習（Menyusun Kalimat）
　　　jù　zi　zǔ　hé　liàn　xí

例：爸爸　的　教師　我　是

　　我的爸爸是教師。

1. 牛　一　吃草　隻　在　有

＿＿＿＿＿＿＿＿＿＿＿＿＿＿＿＿＿＿。

2. 和　木瓜　吃　蝦　我　河邊　在

＿＿＿＿＿＿＿＿＿＿＿＿＿＿＿＿＿＿。

3. 間　屋子　有　他　一

＿＿＿＿＿＿＿＿＿＿＿＿＿＿＿＿＿＿。

4. 叔叔　是　他　的　我

＿＿＿＿＿＿＿＿＿＿＿＿＿＿＿＿＿＿。

5. 我　公雞　隻　看到　一

＿＿＿＿＿＿＿＿＿＿＿＿＿＿＿＿＿＿ 。

6. 書　一張　我　和　要　紙　四本

＿＿＿＿＿＿＿＿＿＿＿＿＿＿＿＿＿＿ 。

7. 三　刀　把　有　桌上

＿＿＿＿＿＿＿＿＿＿＿＿＿＿＿＿＿＿ 。

8. 三十一　雲　有　天上　朵

＿＿＿＿＿＿＿＿＿＿＿＿＿＿＿＿＿＿ 。

9. 隻　三　狗　我　有　家裡

＿＿＿＿＿＿＿＿＿＿＿＿＿＿＿＿＿＿ 。

10. 魚　水　八　裡　有　條

＿＿＿＿＿＿＿＿＿＿＿＿＿＿＿＿＿＿ 。

（三）數 字 連 連 看（Menghubungkan Bilangan）
shù zì lián lián kàn

320 •	• 二十三
2.030 •	• 一百零二萬
12.000 •	• 六萬三千五百
550.000.000 •	• 八十五
23 •	• 三百二十
4.060 •	• 三百四十二
1.020.000 •	• 兩千零三十
85 •	• 五億五千萬
63.500 •	• 一萬兩千
342 •	• 四千零六十

(四) 平 行 閱 讀 (Wacana) ♫ 29
píng xíng yuè dú

今天是星期日，我坐公車到祖母家。祖母家有一片草地，草地上有四頭牛和十隻羊，我喜歡跟它們玩。那邊有兩個人，是我的堂哥和堂妹，我喜歡跟他們玩。在草地上，我用一張紙、一枝筆和一把尺畫畫。我畫了三頭牛、五隻羊和兩個人，祖母說我畫得很好。

✎ 問 與 答 (Tanya Jawab)
wèn yǔ dá

1. 祖母家的草地上有什麼？

_____

2. 我用什麼畫畫？

_____

3. 我畫了什麼？

_____

(五) 漢字練習 （Latihan Menulis Huruf Mandarin）
hàn zì liàn xí

公： ノ 八 公 公

公						
公						

木： 一 十 才 木

木						
木						

火： 丶 ゛ 少 火

火						
火						

水 ： 丁 刁 水 水

水							
水							

五、知 識 知 多 少 （Apakah Anda Tahu）
zhī　shi　zhī　duō　shǎo

Takhayul Orang Tionghoa Akan Angka

Angka Keberuntungan : 6

Orang Tionghoa menyukai angka 6, mereka menganggap "enam-enam paling lancar", mengharapkan dapat berhasil dalam segala hal.

Angka Sial : 4 dan 9

Sebaliknya orang Tionghoa menganggap 4 dan 9 adalah angka sial, karena 4 sebunyi dengan "mati", sedangkan 9 mengandung makna kematian. Misalnya di rumah sakit, tidak terdapat kamar pasien nomor 4 dan tidak ada lift lantai 4; di hotel juga tidak terdapat kamar nomor 4.

第 八 課 身 體（Tubuh）
dì　bā　kè　shēn　tǐ

☆請同學跟著老師的動作一起唱。

(Para siswa mengikuti gerakan guru dan bernyanyi bersama-sama.)

歌詞：

頭、耳、肩膀、膝、腳、趾，膝、腳、趾，

膝、腳、趾。

頭、耳、肩膀、膝、腳、趾，眼、耳、鼻、

喉、舌。

Kepala, telinga, pundak, lutut, kaki, jari kaki, lutut, kaki, jari kaki, lutut, kaki, jari kaki.

Kepala, telinga, pundak, lutut, kaki, jari kaki, mata, telinga, hidung, tenggorokan, lidah.

一、閱 讀（Wacana）♪ 30
　　yuè　dú

我 們 都 有 一 雙 手、一 雙 腳、
wǒ men dōu yǒu yì shuāng shǒu　yì shuāng jiǎo

一 對 眼 睛、一 對 耳 朵、一 張 嘴 和
yí duì yǎn jīng　yí duì ěr duo　yì zhāng zuǐ hé

一　個　鼻　子。我　們　用　手　做　事、用　腳　走
yí　ge　bí　zi　　wǒ　men　yòng　shǒu　zuò　shì　　yòng　jiǎo　zǒu

路；用　眼　睛　看　東　西；用　鼻　子　呼　吸、用
lù　yòng　yǎn　jīng　kàn　dōng　xi　　yòng　bí　zi　hū　xī　yòng

嘴　巴　吃　食　物　和　用　耳　朵　聽　聲　音。
zuǐ　bā　chī　shí　wù　hé　yòng　ěr　duo　tīng　shēng　yīn

　　　　手、腳、眼　睛、耳　朵、嘴　和　鼻　子
　　　　shǒu　jiǎo　yǎn　jīng　ěr　duo　zuǐ　hé　bí　zi

都　很　重　要，我　們　應　該　好　好　地　愛　護　它　們。
dōu　hěn　zhòng　yào　wǒ　men　yīng　gāi　hǎo　hǎo　de　ài　hù　tā　men

(一)　新　字　與　新　詞（Kosakata）♪ 31
　　　　xīn　zì　yǔ　xīn　cí

1.　身體　身体　（名）　shēn tǐ　tubuh; badan

2.　都　都　（副）　dōu　semua

3.　一雙　一双　（量）　yì shuāng　sepasang

4.　雙　双　（量）　shuāng　dua buah; kembar; rangkap dua

5.　一對　一对　（量）　yí duì　sepasang

6.　對　对　（量）　duì　pasang; sejoli; rangkap

7.　手　手　（名）　shǒu　tangan

8.　腳　脚　（名）　jiǎo　kaki

9.　眼睛　眼睛　（名）　yǎn jīng　mata

10.	耳朵	耳朵	（名）	ěr duo	telinga
11.	嘴	嘴	（名）	zuǐ	mulut
12.	鼻子	鼻子	（名）	bí zi	hidung
13.	做	做	（動）	zuò	melakukan; membuat; mengerjakan
14.	事	事	（名）	shì	pekerjaan; hal; persoalan; urusan
15.	呼吸	呼吸	（動）	hū xī	bernapas
16.	食物	食物	（名）	shí wù	makanan; pangan
17.	食	食	（動）	shí	makan
18.	物	物	（名）	wù	benda; zat
19.	聲音	声音	（名）	shēng yīn	suara; bunyi
20.	重要	重要	（形）	zhòng yào	penting
21.	好好	好好	（形）	hǎo hǎo	dengan baik sekali
22.	照顧	照顾	（動）	zhào gù	menjaga; memberi perlakuan istimewa
23.	口	口	（名）	kǒu	mulut

(二) 翻 譯 (Terjemahan)
　　fān　yì

Pelajaran VIII.　Tubuh

Kita semua memiliki sepasang tangan, sepasang kaki, sepasang mata, sepasang telinga, sebuah mulut dan sebuah hidung. Kita menggunakan tangan melakukan pekerjaan; menggunakan kaki berjalan; menggunakan mata melihat benda;

menggunakan hidung bernapas; menggunakan mulut menyantap makanan dan menggunakan telinga mendengar suara.

Tangan, kaki, mata, kuping, mulut dan hidung semuanya sangat penting, kita harus menjaganya dengan baik.

(三) 補充新字與新詞（Kosakata Tambahan）♪ 32
bǔ chōng xīn zì yǔ xīn cí

1.	頭	头	（名）	tóu	kepala
2.	頭髮	头发	（名）	tóu fǎ	rambut
3.	腦	脑	（名）	nǎo	otak
4.	鼻孔	鼻孔	（名）	bí kǒng	lubang hidung
5.	臉	脸	（名）	liǎn	muka
6.	嘴唇	嘴唇	（名）	zuǐ chún	bibir
7.	牙齒	牙齿	（名）	yá chǐ	gigi
8.	舌頭	舌头	（名）	shé tou	lidah
9.	頸項	颈项	（名）	jǐng xiàng	leher
10.	肩膀	肩膀	（名）	jiān bǎng	pundak
11.	手指	手指	（名）	shǒu zhǐ	jari tangan
12.	拇指	拇指	（名）	mǔ zhǐ	ibu jari
13.	食指	食指	（名）	shí zhǐ	telunjuk
14.	中指	中指	（名）	zhōng zhǐ	jari tengah

15.	中	中	（形）	zhōng	tengah
16.	無名指	无名指	（名）	wú míng zhǐ	jari manis
17.	無	无	（形）	wú	tanpa
18.	名	名	（名）	míng	nama
19.	小指	小指	（名）	xiǎo zhǐ	kelingking
20.	手掌	手掌	（名）	shǒu zhǎng	telapak tangan
21.	腳趾	脚趾	（名）	jiǎo zhǐ	jari kaki
22.	胸	胸	（名）	xiōng	dada
23.	肚子	肚子	（名）	dù zi	perut
24.	腰	腰	（名）	yāo	pinggang
25.	器官	器官	（名）	qì guān	organ tubuh
26.	心臟	心脏	（名）	xīn zàng	jantung
27.	胃	胃	（名）	wèi	lambung
28.	肺	肺	（名）	fèi	paru-paru
29.	肝	肝	（名）	gān	hati
30.	大腸	大肠	（名）	dà cháng	usus besar
31.	膽	胆	（名）	dǎn	empedu
32.	大	大	（形）	dà	besar

33.	小腸	小肠	（名）	xiǎo cháng	usus kecil
34.	小	小	（形）	xiǎo	kecil
35.	十二指腸	十二指肠	（名）	shí èr zhǐ cháng	usus 12 jari

二、文 法（Tata Bahasa）
wén fǎ

(一)「這」與「那」（"Ini" dan "Itu"）
zhè yǔ nà

A. 這（Ini）
zhè

這 berarti ini, digunakan untuk menunjukkan orang, benda dan hal yang lebih dekat dengan kita. 這 dapat berpasangan dengan kata-kata lain untuk membentuk pasangan berikut:

(a) 這 裡 atau 這 兒（Sini）
zhè lǐ zhèr

這裡 / 這兒 zhè lǐ zhèr	Predikat	Objek	Arti
	是 shì	學校。 xué xiào	Sini adalah sekolah.

(b) 這 些（"Semua" ini）
　　zhè xiē

這些 zhè xiē	Subjek	Predikat	Objek	Arti
	東西 dōng xi	是 shì	哈林的。 hā lín de	Barang-barang ini milik Halim.

(c) 這 次（Kali ini）
　　zhè cì

這次 zhè cì	Subjek	Predikat	Objek	Arti
	他 tā	沒來 méi lái	上課。 shàng kè	Kali ini dia tidak masuk sekolah.

(d) 這 + Kata bantu bilangan
　　zhè

這 zhè	Kata Bantu Bilangan	Subjek	Predikat	Objek	Arti
	三隻 sān zhī	狗 gǒu	在吃 zài chī	魚。 yú	Tiga ekor anjing ini sedang makan ikan.

B. 那（Itu）
　　nà

那 berarti itu, digunakan untuk menunjukkan orang, benda atau hal yang lebih jauh dari kita. Seperti halnya 這, 那 juga dapat berpasangan dengan kata-kata berikut:

(a) 那 裡 atau 那 兒（Sana）
　　nà lǐ　　　　　nàr

那裡 / 那兒 nà lǐ　　nàr	**Predikat**	**Objek**	**Arti**
	是 shì	學校。 xué xiào	Sana adalah sekolah.

(b) 那 些（"Semua" itu）
　　nà　xiē

那些 nà xiē	**Subjek**	**Predikat**	**Objek**	**Arti**
	東西 dōng xi	是 shì	哈林的。 hā lín de	Barang-barang itu milik Halim.

(c) 那 次（Kali itu）
　　nà　cì

那次 nà cì	**Subjek**	**Predikat**	**Objek**	**Arti**
	他 tā	沒來 méi lái	上課。 shàng kè	Kali itu dia tidak masuk sekolah.

(d) 那 ＋ Kata bantu bilangan
　　nà

那 nà	**Kata Bantu Bilangan**	**Subjek**	**Predikat**	**Objek**	**Arti**
	三隻 sān zhī	狗 gǒu	在吃 zài chī	魚。 yú	Tiga ekor anjing itu sedang makan ikan.

☞ 練 習（Latihan）
　　liàn　xí

　　例：這 裡 是 哈 山 的 家 嗎？（阿 民）
　　　　zhè　lǐ　shì　hā　shān de　jiā　ma　　　ā　mín

不是, 這 裡 是 阿 民 的 家。
bú shì zhè lǐ shì ā mín de jiā

那 本 書 是 你 的 嗎?(我)
nà běn shū shì nǐ de ma wǒ

是, 那 本 書 是 我 的。
shì nà běn shū shì wǒ de

1. 那兒是阿民的家嗎?(麗雅)

2. 這些書是哥哥的嗎?(爸爸)

3. 那次哈山沒來上學嗎?(哈山)

4. 那個人是你阿姨嗎?(他)

5. 這隻狗是安妮的嗎?(阿里)

(二) 用 (Menggunakan)
    yòng

> **Subjek + 用 + Kata Benda + Kata Kerja + Objek**
>   yòng

Pola kalimat di atas menunjukkan bahwa subjek menggunakan sesuatu untuk melakukan aktivitas tertentu.

Subjek		Kata Benda	Kata Kerja	Objek	Arti
我 wǒ	用 yòng	嘴巴 zuǐ bā	吃 chī	飯。 fàn	Saya makan menggunakan mulut.
他 tā		手 shǒu	拿 ná	東西。 dōng xi	Dia mengambil barang dengan tangan.
哈山 hā shān		筆 bǐ	做 zuò	功課。 gōng kè	Hasan menggunakan PR dengan alat tulis.

☞ 練 習（Latihan）
　　liàn　xí

頭 腦　　牙 刷　　耳 朵　　　　毛 巾　　　　眼 睛
洗 臉　　刷 牙　　想 事 情　　看 電 視　　聽 聲 音

　　　例：我 用 嘴 巴 吃 飯。
　　　　　wǒ yòng zuǐ　bā　chī　fàn

1. 哥哥用 _____

2. 我們用 _____

3. 弟弟用 _____

4. 我們用 _____

5. 哈林用 _____

三、活 動（Kegiatan）
　　　huó　dòng

課 堂 活 動 一：小 小 身 體 大 醫 生
kè　táng huó dòng　yī　　xiǎo xiǎo shēn tǐ　dà　yī　shēng

132

一位病人的嘴巴、眼睛、耳朵等器官不見了，希望醫生能夠幫他找回來，但沒有嘴巴的病人無法說話，請你根據病人的需求將他的器官找回來。

步驟：

1. 依序上臺抽籤，將抽到的亂序句子重新組合並大聲念出來。

2. 找出所念到的器官圖。

3. 將找出的器官圖置於人形圖上適當的位置。

Kegiatan Kelas Pertama : Permainan Mengenai Tubuh

Seorang pasien kehilangan mulut, mata, telinga dan organ tubuh lainnya. Dia berharap dokter dapat membantunya menemukan kembali, tetapi pasien yang tanpa mulut tidak bisa berbicara. Anda diminta untuk menemukan kembali organnya sesuai dengan kebutuhan pasien.

Langkah-langkah:

1. Sesuai dengan urutan, maju ke depan kelas untuk menarik undian; menyusun kembali kata-kata yang tidak berurutan dan bacakan dengan suara yang keras.

2. Menemukan gambar organ tubuh yang telah dibacakan.

3. Gambar yang telah ditemukan diletakkan pada gambar manusia sesuai dengan posisinya masing-masing.

課 堂 活 動 二 ：吹 牛 大 王
kè táng huó dòng èr   chuī niú dà wáng

你是吹牛大王嗎？大家來比較一下吧！

老師給每組同學一個主題，請猜題的同學依照同學的說詞來判斷正確的答案。

步驟：

1. 四到五個人一組，選出一個猜謎者。其餘的同學討論好該如何依照表情、詞語等騙過猜謎者。同學說話須用到主題所要求的「這裡、那裡」或是「這次、那次」。

2. 猜題的同學可以詢問三次，再依照同學的動作、表情及說詞來判斷誰在吹牛。

Kegiatan Kelas Kedua : Pembohong

Apakah kamu adalah pembohong? Mari kita membandingkannya sejenak.

Guru akan memberikan satu tema kepada setiap kelompok. Siswa yang menebak tema harus memutuskan mana jawaban yang benar berdasarkan apa yang telah diutarakan oleh temannya.

Langkah-langkah:

1. Satu kelompok terdiri atas empat atau lima orang, pilih seorang untuk menebak teka-teki. Siswa yang berbicara perlu menggunakan "di sini, di sana" atau "kali ini, kali itu" sebagaimana yang diminta dalam tema.

2. Siswa yang menebak tema dapat bertanya sebanyak tiga kali, kemudian berdasarkan gerak-gerik, ekspresi dan kata-kata yang diucapkan untuk menentukan siapa adalah pembohong.

四、課 後 練 習（Latihan Tambahan）
kè hòu liàn xí

（一）文 法 練 習（Latihan Tata Bahasa）
wén fǎ liàn xí

A.「這」與「那」（"Ini" dan "Itu"）
zhè yǔ nà

Isilah jawaban yang tepat di atas garis datar! Sebagian besar jawaban telah tersedia di dalam kotak.

| 這隻 | 那隻 | 這些 | 那些 | 這裡 |
| 那裡 | 這張 | 那張 | 這次 | 那次 |

1. 哈山 ：這些書是誰的？（安妮）

   安妮 ：＿＿＿＿ 書是我的。

2. 哈林 ：那裡是安妮的家嗎？（阿民）

   麗雅 ：不是，＿＿＿＿是＿＿＿＿的家。

3. 安妮 ：這張桌子是你的嗎？（麗雅）

   麗雅 ：＿＿＿＿，＿＿＿＿桌子是＿＿＿＿的。

4. 哈山 ：這次的考試困難嗎？

   哈林 ：＿＿＿＿＿的考試很簡單。

5. 麗雅 ：那隻狗是安妮的嗎？（安妮）

   阿民 ：＿＿＿＿，＿＿＿＿狗是安妮的。

B. 看 圖 造 句 並 連 連 看（Buat kalimat dan hubungkan）
   kàn tú zào jù bìng lían lían kàn

1. 用杯子喝水。    yòng bǐ xiě zì

2. ＿＿＿＿＿＿＿。    yòng sào bǎ sǎo dì

3. ＿＿＿＿＿＿＿。    yòng bēi zi hē shuǐ

4. ＿＿＿＿＿＿＿。    yòng jiǎo zǒu lù

5. ＿＿＿＿＿＿＿。    yòng yǎn jīng kàn diàn shì

(二)句子組合練習（Menyusun Kalimat）
jù zi zǔ hé liàn xí

例：身體 我 的 們
shēn tǐ wǒ de men

<u>我 們 的 身 體</u>。
wǒ men de shēn tǐ

1. 我 手 雙 一 有

_____

2. 有 一雙 我 一個 鼻子 眼睛 和

_____

3. 考得 妳 很 考試 的 好 這次

_____

4. 用 我們 嘴巴 聲音 用 聽 吃飯 耳朵

_____

5. 應該 我們 愛護 好好 我們 眼睛 的

_____

(三)平行閱讀（Wacana） ♪ 33
píng xíng yuè dú

我們的身體有很多器官，讓我們可以跑、可以跳、
可以吃、可以喝。

137

身體裡有心臟、肺臟、肝臟、腎臟，還有胃、膽、大腸、小腸、十二指腸與膀胱。只要我們好好地照顧它們，好好地吃飯，常常運動，我們就會有健康的身體。

✎ 問 與 答（Tanya Jawab）
　　wèn yǔ　dá

1. 我們身體的器官可以讓我們做什麼事？

　　_____

2. 我們的身體有哪些器官？

　　_____

3. 如果一個人的心臟不跳了，他會怎麼樣？

　　_____

4. 我們要怎麼樣才能有健康的身體？

　　_____

(四) 漢 字 練 習（Latihan Menulis Huruf Mandarin）
　　 hàn　zì　liàn　xí

手 ： ⼁ ⼆ ⼿ 手

手						
手						

耳 ： ⼀ ⼧ ⼧ ⼧ ⼧ ⼯ 耳

耳						
耳						

五、知 識 知 多 少（Apakah Anda Tahu）
　　 zhī　shi　zhī　duō　shǎo

Tubuh, Rambut dan Kulit Merupakan Anugerah Ayah dan Ibu,

Tidak Merusaknya Merupakan Permulaan Berbhakti.

Cerita pendek zaman kuno China *Kisah Tiga Kerajaan* melukiskan bahwa pada saat itu terdapat seorang jenderal besar bernama Xia Hou Dun, ketika sedang mengejar musuh, matanya terpana oleh musuh yang secara diam-diam datang menyerang.

Xia Hou Dun menjerit karena kesakitan. Pada saat dia menarik pana keluar, bola matanya juga ikut tertarik keluar. Meskipun merasakan sakit yang luar biasa, dia dengan gagah berani berteriak: "Sari Ayah dan darah Ibu, tidak boleh dibuang!" Artinya organ tubuh yang diberikan oleh Ayah dan Ibu tidak boleh dibuang sesukanya. Selesai berbicara, dia menelan bola matanya sendiri dan melanjutkan pengejaran musuh.

第九課　五色氣球（Balon Lima Warna）
dì　jiǔ　kè　wǔ　sè　qì　qiú

☆這是什麼？

(Ini adalah apa?)

☆在這張圖片中，同學們看見了哪些顏色？

(Di dalam gambar ini, siswa-siswa

dapat melihat warna apa saja?)

一、閱　讀（Wacana）♪ 34
yuè　dú

我　有　五　個　氣　球，每　個　氣　球　的　顏　色
wǒ　yǒu　wǔ　ge　qì　qiú　měi　ge　qì　qiú　de　yán　sè

都　不　同，有　紅　色、黃　色、白　色、銀　色　和　青　色。
dōu　bù　tóng　yǒu　hóng　sè　huáng　sè　bái　sè　yín　sè　hé　qīng　sè

他　也　有　五　個　氣　球，每　個　氣　球　的　顏
tā　yě　yǒu　wǔ　ge　qì　qiú　měi　ge　qì　qiú　de　yán

色 都 不 一 樣，有 橙 色、藍 色、紫 色、黑 色 和
sè dōu bù yí yàng yǒu chéng sè lán sè zǐ sè hēi sè hé

粉 紅 色。我 們 握 緊 這 些 氣 球，
fěn hóng sè　wǒ men wò jǐn zhè xiē qì qiú

不 讓 它 們 飛 到 藍 天 上。
bú ràng tā men fēi dào lán tiān shàng

（一） 新 字 與 新 詞（Kosakata）♪ 35
xīn zì yǔ xīn cí

1.	顏色　颜色	（名）	yán sè	warna
2.	氣球　气球	（名）	qì qiú	balon
3.	氣　气	（名）	qì	gas
4.	球　球	（名）	qiú	bola
5.	每　每	（指）	měi	tiap; masing-masing
6.	不同　不同	（形）	bù tóng	tidak sama
7.	同　同	（形）	tóng	sama; serupa; bersama-sama
8.	紅　红	（名）	hóng	merah
9.	黃　黄	（名）	huáng	kuning
10.	白　白	（名）	bái	putih
11.	銀　银	（名）	yín	perak
12.	青　青	（名）	qīng	hijau

13.	一樣 一样	（形）	yí yàng	sama; seperti
14.	橙 橙	（名）	chéng	jingga
15.	藍 蓝	（名）	lán	biru
16.	紫 紫	（名）	zǐ	ungu
17.	黑 黑	（名）	hēi	hitam
18.	粉紅 粉红	（名）	fěn hóng	merah muda; merah jambu
19.	握 握	（動）	wò	memegang; menjabat (tangan); menggenggam
20.	緊 紧	（形）	jǐn	erat; kencang; ketat
21.	讓 让	（動）	ràng	memungkinkan; membiarkan; mengalah
22.	飛 飞	（動）	fēi	terbang
23.	上 上	（位）	shàng	atas; ke atas
24.	天 天	（名）	tiān	langit; angkasa

（二）翻 譯（Terjemahan）
　　 fān yì

Pelajaran IX.　Balon Lima Warna

　　Saya memiliki lima buah balon, warna tiap balon tidak sama semuanya, ada warna merah, warna kuning, warna putih, warna perak dan warna hijau.

　　Dia juga memiliki lima buah balon, warna tiap balon tidak sama semuanya, ada warna jingga, warna biru, warna ungu, warna hitam dan warna merah muda. Kami memegang erat balon-balon ini, tidak membiarkan mereka terbang ke atas langit biru.

二、文 法（Tata Bahasa）
wén   fǎ

（一）「不」（Tidak）
bù

Subjek + 不 + Kata Kerja / Kata sifat
bù

不 digunakan untuk mengingkari keputusan, kehendak, kenyataan dan sifat.

Subjek		Kata Kerja / Kata Sifat	Arti
哈 山 hān shān	不 bù	來。 lái	Hasan tidak mau datang.
她 tā		知 道。 zhī dào	Dia tidak tahu.
顏 色 yán sè		一 樣。 yí yàng	Warna tidak sama.
帽 子 mào zi		便 宜。 pián yí	Topi tidak murah.

☞ 練 習（Latihan）
liàn xí

看	蠟筆	功課	抽菸	同	漂亮
kàn	là bǐ	gōng kè	chōu yān	tóng	piào liàng

1. 這些氣球的顏色都不_____。

2. 我不_____報紙。

3. 妹妹穿的衣服不_____。

4. 今天弟弟不做＿＿＿＿＿＿。

5. 媽媽不讓妹妹買＿＿＿＿＿。

（二）「沒」（Tidak）
　　　　méi

Subjek＋沒＋Kata Kerja / Kata sifat
　　　　　　méi

沒 digunakan untuk mengingkari suatu tindakan atau keadaan.

Subjek		Kata Kerja / Kata Sifat	Arti
哈 山 hā shān	沒 méi	來。 lái	Hasan tidak datang.
她 tā		哭。 kū	Dia tidak menangis.
衣服 yī fú		乾。 gān	Baju tidak kering..

☞ 練 習（Latihan）
　　liàn xí

死	濕	做功課	生氣	一樣	下雨
sǐ	shī	zuò gōng kè	shēng qì	yí yàng	xià yǔ

1. 今天沒＿＿＿＿＿。

2. 昨天沒＿＿＿＿。

3. 我沒_____。

4. ____沒_____。

5. _____。

(三)「把」
bǎ

Subjek＋把＋Kata Benda＋Kata Kerja
bǎ

把 digunakan untuk menyatakan bahwa objek dalam kalimat tersebut adalah penderita dari kata kerja yang di belakangnya.

Subjek		Kata Benda	Kata Kerja	Arti
我們 wǒ men	把 bǎ	這些氣球 zhè xiē qì qiú	握緊。 wò jǐn	Kami memegang erat balon-balon ini.
媽媽 mā ma		房間 fáng jiān	收拾好了。 shōu shí hǎo le	Mama telah merapikan kamar.

☞練習（Latihan）
liàn xí

車 子 chē zi	丟 掉 了 diū diào le	弄 髒 了 nòng zāng le	蘋 果 píng guǒ	喝 掉 了 hē diào le

1. 姊姊把衣服_____。

2. 我把垃圾_____。

3. 妹妹把_____吃掉了。

4. 小弟弟把牛奶＿＿＿＿＿＿。

5. 媽媽把＿＿＿＿＿＿買下來了。

（四）補 充 新 字 與 新 詞（Kosakata Tambahan）♪ 36
　　　bǔ chōng xīn zì yǔ xīn cí

1.	蠟筆	蜡笔	（名）	là bǐ	krayon; pensil lilin berwarna
2.	盒	盒	（量）	hé	kotak (kata bantu bilangan)
3.	抽菸	抽烟	（動）	chōu yān	merokok
4.	漂亮	漂亮	（形）	piào liàng	cantik; bagus
5.	死	死	（動）	sǐ	mati; meninggal dunia
6.	濕	湿	（形）	shī	basah; lembab
7.	生氣	生气	（形）	shēng qì	marah; naik darah
8.	下雨	下雨	（動）	xià yǔ	hujan

三、活 動（Kegiatan）
　　 huó dòng

課 堂 活 動：看 誰 反 應 快
kè táng huó dòng kàn shéi fǎn yìng kuài

讓我們來看看各位同學對於顏色是否完全能夠分辨！

步驟：

1. 全班分成兩組。

2. 當老師指到哪一個顏色，同學馬上搶答，看哪一
組答得又快又正確就可以得到一分。

3. 最後看哪一組分數高，最高的就獲勝。

Kegiatan Kelas : Siapa yang Bereaksi Paling Cepat

Mari kita cari tahu apakah semua siswa sudah dapat membedakan semua warna!

Langkah-langkah:

1. Bagi kelas menjadi dua kelompok.
2. Ketika guru menunjukkan warna tertentu, siswa langsung berebut untuk menjawab.
Kelompok yang memberikan jawaban dengan cepat dan tepat memperoleh nilai satu.
3. Pada akhir permainan, kelompok yang mendapatkan nilai tertinggi adalah
pemenangnya.

四、課 後 練 習（Latihan Tambahan）
kè hòu liàn xí

(一) 句 子 組 合 練 習（Menyusun Kalimat）
jù zi zǔ hé liàn xí

例：回家 他 飯 沒 吃

他沒回家吃飯。

1. 氣球 我 五 有 個

_____ 。

2. 顏色 不 個 氣球 同 每 的 都

_____。

3. 他 氣球 把 握緊 這些

_____。

4. 藍色 天空 上 飛到 的 氣球

_____。

5. 有 他 氣球 我 有 氣球 銀色的 黃色的

_____。

(二) 文 法 練 習 (Latihan Tata Bahasa)
　　　 wén　fǎ　liàn　xí

A. 分 辨「沒」與「不」(Membedakan「沒」dan「不」)
　 fēn biàn méi yǔ bù

例：我_沒_帶雨傘。

　　 我 _不_ 喜歡做作業。

1. 我____喜歡你。

2. 哥哥____知道現在幾點。

3. 我____問題要問老師。

4. 媽媽____會說英語。

5. 今天____下雨，是個好天氣。

B. 完 成 句 子（Menyelesaikan Kalimat）
wán chéng jù　zi

Gunakan kata-kata yang tepat untuk menyelesaikan kalimat berikut.

例：我把作業<u>做完了</u>。

1. 妹妹把水_____。

2. 媽媽把_____洗乾淨了。

3. _____把鉛筆弄壞了。

4. 哈山把_____。

5. 我們把_____。

（三）顏 色 填 一 填（Mengisi Jenis Warna）
　　 yán　sè　tián　yì　tián

例：　　　<u>藍</u>色鉛筆。

1.　　　　____色椅子。

2.  ＿＿色椅子。

3.  ＿＿色椅子。

4.  ＿＿色椅子。

5. ＿＿色椅子。

(四) 平 行 閱 讀（Wacana） ♫ 37
　　píng xíng yuè dú

　　妹妹有一盒蠟筆，裡面有很多不同的顏色，有紅色、藍色、綠色、黃色、紫色和黑色。

　　妹妹不喜歡這盒蠟筆，妹妹想要金色、銀色和粉紅色的蠟筆，但是媽媽說妹妹已經有一盒蠟筆，不能再買新的。

✏ 問答 （Tanya Jawab）
wèn yǔ dá

1. 妹妹有什麼顏色的蠟筆？

_____

2. 妹妹還要什麼顏色的蠟筆？

_____

3. 妹妹為什麼不能買其實新的蠟筆？

_____

4. 如果你有一盒蠟筆，你希望裡面有什麼顏色？

_____

（五）漢字練習 （Latihan Menulis Huruf Mandarin）
hàn zì liàn xí

畫： 丿 乛 乛 乛 乛 畫

畫	畫						

印尼初級華語課本　第一冊

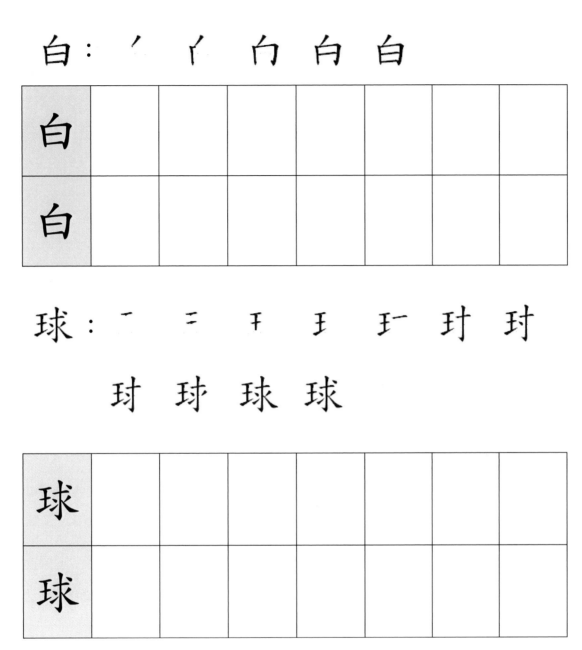

白：´ ㄅ ㄅ 白 白

球：一 二 干 王 玨 玗 玗

玗 球 球 球

五、知 識 知 多 少（Apakah Anda Tahu）
zhī　shi　zhī　duō　shǎo

Arti Warna

　　Di kalangan orang Tionghoa, warna merah adalah warna keberuntungan. Baik pada saat tahun baru, pernikahan maupun perayaan akan digunakan warna merah untuk melambangkan suasana riang gembira.

　　Sebaliknya pada saat berduka cita, biasanya orang Tionghoa akan menggunakan warna putih, hitam dan warna polos lainnya, karena dalam budaya Tionghoa, warna putih dan hitam melambangkan kematian.

生 詞 索 引

shēng cí suǒ yǐn

Indeks Kosakata

漢語拼音	繁體字	簡體字	詞類	翻譯	課數
A					
ā yí	阿姨	阿姨	（名）	saudara kandung perempuan dari pihak ibu (bibi)	03
B					
bā	八	八	（數）	delapan	06
bǎ	把	把	（量）	kata bantu bilangan untuk alat yang bertangkai	06, 07
bà ba	爸爸	爸爸	（名）	ayah	01, 03
bái	白	白	（名）	putih	09
bāng	幫	帮	（動）	membantu	02, 04
bào zhǐ	報紙	报纸	（名）	koran	02
běn	本	本	（量）	kata bantu bilangan untuk buku, majalah, bundelan dsb	07
bí kǒng	鼻孔	鼻孔	（名）	lubang hidung	08
bí zi	鼻子	鼻子	（名）	hidung	08
bǐ jiào	比較	比较	（副）	agak; lebih	05
bō lí	玻璃	玻璃	（名）	kaca	07
bó bo	伯伯	伯伯	（名）	saudara kandung lelaki yang lebih tua dari ayah (paman)	03
bú guò	不過	不过	（副）	tetapi; namun	06
bù	不	不	（副）	tidak; bukan	02

bù	步	步	（名）	langkah	02
bù tóng	不同	不同	（形）	tidak sama	09

C

cái	才	才	（副）	menyatakan hal tertentu tergantung syarat atau keadaan tertentu, setara dengan baru	04
cài	菜	菜	（名）	sayur-mayur; lauk-pauk	04
cǎo	草	草	（名）	rumput	07
chàng	唱	唱	（動）	bernyanyi	02
chéng	橙	橙	（名）	jingga	09
chī	吃	吃	（動）	makan	02
chōu yān	抽菸	抽烟	（動）	merokok	09
chū qù	出去	出去	（動）	keluar	06
chuān	穿	穿	（動）	mengenakan	04
chūn jì	春季	春季	（名）	musim semi	05
chūn tiān	春天	春天	（名）	musim semi	05
cí	詞	词	（名）	kata; kata-kata	04

D

dǎ léi	打雷	打雷	（動）	mengguntur; bergemuruh	06
dà	大	大	（形）	besar	08
dà cháng	大腸	大肠	（名）	usus besar	08
dài	帶	带	（動）	membawa	06
dài	戴	戴	（動）	memakai; mengenakan	06
dǎn	膽	胆	（名）	empedu	08
dào	到	到	（動）	tiba; sampai; pergi ke	05, 07
de	的	的	（助）	menunjukkan kepemilikan	01
dì di	弟弟	弟弟	（名）	adik lelaki	01, 03
dì mèi	弟妹	弟妹	（名）	istri adik lelaki	03
dì yī	第一	第一	（固定）	pertama	01
dōng jì	冬季	冬季	（名）	musim dingin	05
dōu	都	都	（副）	semua	08
dú	讀	读	（動）	membaca; belajar	06
dù	度	度	（量）	derajat	06
dù zi	肚子	肚子	（名）	perut	08

duì	對	对	（量）	pasang; sejoli; rangkap	08
duō yún	多雲	多云	（動）	berawan; banyak awan	06
duǒ	朵	朵	（量）	kata bantu bilangan untuk bunga, awan	07

E

ér zi	兒子	儿子	（名）	anak laki-laki	03
ěr duo	耳朵	耳朵	（名）	telinga	08
èr	二	二	（數）	dua	06, 07

F

fàn	飯	饭	（名）	nasi	04
fàn cài	飯菜	饭菜	（名）	makanan; nasi beserta lauk-pauk	04
fáng zi	房子	房子	（名）	rumah	07
fàng	放	放	（動）	melepaskan; meletakkan	04
fàng xué	放學	放学	（動）	pulang sekolah	04
fēi	飛	飞	（動）	terbang	09
fèi	肺	肺	（名）	paru-paru	08
fěn hóng	粉紅	粉红	（名）	merah muda; merah jambu	09

G

gān	肝	肝	（名）	hati	08
gē	歌	歌	（名）	lagu	02
gē ge	哥哥	哥哥	（名）	abang	01, 03
gè wèi	各位	各位	（名）	semuanya; para (hadirin, siswa dsb)	03
gè	個	个	（量）	kata bantu bilangan	04
gōng chē	公車	公车	（名）	bis	07
gōng jī	公雞	公鸡	（名）	ayam jantan	07
gōng kè	功課	功课	（名）	pekerjaan rumah; pelajaran	04
gōng yuán	公園	公园	（名）	taman; taman umum	05
gǒu	狗	狗	（名）	anjing	01
gū gu	姑姑	姑姑	（名）	saudara kandung perempuan dari pihak ayah (bibi)	03
guā fēng	颱風	刮风	（動）	berangin	06

guān xīn	關心	关心	（名）	perhatian	02
guó jiā	國家	国家	（名）	negara; negeri	05

H

hái	還	还	（副）	masih	02
hái zi	孩子	孩子	（名）	anak; bocah	04
hàn jì	旱季	旱季	（名）	musim kemarau	05
hǎo	好	好	（形）	baik	02
hǎo de	好的	好的	（固定）	baiklah	02
hǎo hǎo	好好	好好	（形）	dengan baik sekali	08
hǎo jiǔ bú jiàn	好久不見	好久不见	（固定）	lama tak jumpa	02
hē	喝	喝	（動）	minum	02
hé	和	和	（連）	dan	05
hé	盒	盒	（量）	kotak (kata bantu bilangan)	09
hé biān	河邊	河边	（名）	tepi sungai	07
hēi	黑	黑	（名）	hitam	09
hěn	很	很	（副）	sangat	05
hóng	紅	红	（名）	merah	09
hòu	後	后	（副）	setelah	04
hū xī	呼吸	呼吸	（動）	bernapas	08
huā	花	花	（名）	bunga	05
huáng	黃	黄	（名）	kuning	09
huí	回	回	（動）	kembali; pulang	04
huí jiā	回家	回家	（動）	pulang rumah	02, 04
huǒ chē piào	火車票	火车票	（名）	tiket kereta api	07

J

jì jié	季節	季节	（名）	musim	05
jiā	家	家	（名）	rumah; keluarga	02
jiān	間	间	（量）	kata bantu bilangan untuk rumah, kamar dsb	07
jiān bǎng	肩膀	肩膀	（名）	pundak	08
jiàn	見	见	（動）	jumpa; melihat	02
jiǎo	腳	脚	（名）	kaki	08
jiào shì	教室	教室	（名）	ruang kelas	01

jiǎo tà chē	腳踏車	脚踏车	（名）	sepeda	07
jiǎo zhǐ	腳趾	脚趾	（名）	jari kaki	08
jiě fū	姐夫	姐夫	（名）	suami kakak perempuan	03
jiě jie	姐姐	姐姐	（名）	kakak perempuan	01, 03
jiě mèi	姐妹	姐妹	（名）	kakak beradik perempuan	01
jǐn	緊	紧	（形）	erat; kencang; ketat	09
jǐng xiàng	頸項	颈项	（名）	leher	08
jiǔ	久	久	（形）	lama	02
jiǔ	九	九	（數）	sembilan	06
jiù	就	就	（副）	segera; dalam waktu yang singkat	06
jiù jiu	舅舅	舅舅	（名）	saudara kandung laki-laki dari pihak ibu (paman)	03
jiù yào	就要	就要	（副）	segera akan; baru saja mau	06
jué de	覺得	觉得	（動）	merasa: pendapat; hemat	05

K

kāi	開	开	（動）	mekar; buka	05
kàn	看	看	（動）	baca; lihat	02
kàn dào	看到	看到	（動）	melihat; tampak	07
kè	課	课	（名）	pelajaran	01
kè běn	課本	课本	（名）	buku pelajaran	07
kǒu	口	口	（名）	mulut	08
kuài lè	快樂	快乐	（動）	senang; gembira	07

L

là bǐ	蠟筆	蜡笔	（名）	krayon; pensil lilin berwarna	09
lái	來	来	（動）	datang; sampai	05
lán	藍	蓝	（名）	biru	09
le	了	了	（助）	berarti "sudah"	02
lèi	累	累	（形）	lelah; cape; penat	05
lěng	冷	冷	（形）	dingin	05
lǐ	裡	里	（代）	dalam	01
liǎn	臉	脸	（名）	muka	08
liǎng	兩	两	（數）	dua	05
liàng	輛	辆	（量）	kata bantu bilangan untuk kendaraan	07
lín	林	林	（名）	hutan	02

líng	零	零	（數）	nol	06
liù	六	六	（數）	enam	06, 07

M

mǎi	買	买	（動）	membeli	06
mā ma	媽媽	妈妈	（名）	ibu	01, 03
mài	賣	卖	（動）	menjual	06
mào zi	帽子	帽子	（名）	topi	06
méi yǒu	沒有	没有	（動）	tidak ada; tak punya	06
měi	每	每	（指）	tiap; masing-masing	09
mèi fū	妹夫	妹夫	（名）	suami adik perempuan	03
mèi mei	妹妹	妹妹	（名）	adik perempuan	01, 03
men	們	们	（尾）	pembentuk kata jamak	01
míng	名	名	（名）	nama	08
míng tiān	明天	明天	（名）	besok	06
mǔ zhǐ	拇指	拇指	（名）	ibu jari	08
mù guā	木瓜	木瓜	（名）	pepaya	07

N

nà	那	那	（代）	itu	01
nà jiù shì	那就是	那就是	（固定）	yaitu	05
nǎo	腦	脑	（名）	otak	08
ne	呢	呢	（助）	dipakai sebagai penutup kalimat tanya	06
nǐ	你	你	（代）	kamu (untuk pria & wanita)	01
nǐ hǎo ma	你好嗎	你好吗	（固定）	apa kabarmu?	02
nǐ men	你們	你们	（代）	kalian	01
nín	您	您	（代）	Anda	01
niú	牛	牛	（名）	sapi	04
niú nǎi	牛奶	牛奶	（名）	susu sapi	04
nǚ ér	女兒	女儿	（名）	anak perempuan	03

P

pá	爬	爬	（動）	merangkak; merayap; memanjat; mendaki	06
pǎo	跑	跑	（動）	lari	02
péng yǒu	朋友	朋友	（名）	teman; sahabat	05

piàn	片	片	（量）	kata bantu bilangan untuk benda yang pipih, awan dsb	07
piào	票	票	（名）	tiket	07
piào liàng	漂亮	漂亮	（形）	cantik; bagus	09

Q

qī	七	七	（數）	tujuh	06
qī zi	妻子	妻子	（名）	istri	03
qǐ chuáng	起床	起床	（動）	bangun dari tidur	04
qǐ lái	起來	起来	（動）	diletakkan setelah kata kerja untuk menunjukkan ke atas	02
qì	氣	气	（名）	gas	09
qì guān	器官	器官	（名）	organ tubuh	08
qì qiú	氣球	气球	（名）	balon	09
qì wēn	氣溫	气温	（名）	suhu udara; suhu hawa	06
qián	錢	钱	（名）	uang; duit	05
qīng	青	青	（名）	hijau	09
qíng tiān	晴天	晴天	（名）	hari cerah	06
qǐng	請	请	（動）	tolong; mohon; silakan	02
qiū jì	秋季	秋季	（名）	musim gugur	05
qiú	球	球	（名）	bola	09
qù	去	去	（動）	pergi; pergi ke	01

R

rán hòu	然後	然后	（副）	setelah itu; kemudian	04
ràng	讓	让	（動）	memungkinkan; membiarkan; mengalah	09
rén	人	人	（名）	manusia; orang	07

S

sān	三	三	（數）	tiga	06, 07
sǎn	傘	伞	（名）	payung	06
sǎo	掃	扫	（動）	menyapu	04
sǎo zi	嫂子	嫂子	（名）	istri abang	03
shān	山	山	（名）	gunung	02
shǎn diàn	閃電	闪电	（動）	petir; kilat	06
shàng	上	上	（動）	pergi ke; atas	04

shàng	上	上	（位）	atas; ke atas	09
shé tou	舌頭	舌头	（名）	lidah	08
shè shì	攝氏	摄氏	（名）	Celsius	06
shēn tǐ	身體	身体	（名）	tubuh; badan	08
shēng bìng	生病	生病	（動）	sakit; menderita penyakit	02
shēng qì	生氣	生气	（形）	marah; naik darah	09
shēng yīn	聲音	声音	（名）	suara; bunyi	08
shī	濕	湿	（形）	basah; lembab	09
shí	十	十	（數）	sepuluh	06
shí	食	食	（動）	makan	08
shí èr	十二	十二	（數）	dua belas	05
shí èr yuè	十二月	十二月	（名）	Desember	05
shí èr zhǐ cháng	十二指腸	十二指肠	（名）	usus 12 jari	08
shí wù	食物	食物	（名）	makanan; pangan	08
shí zhǐ	食指	食指	（名）	telunjuk	08
shì	是	是	（動）	adalah	01
shì	事	事	（名）	urusan; masalah; pekerjaan	02, 08
shǒu	手	手	（名）	tangan	08
shǒu zhǎng	手掌	手掌	（名）	telapak tangan	08
shǒu zhǐ	手指	手指	（名）	jari tangan	08
shū	書	书	（名）	buku	02
shū shu	叔叔	叔叔	（名）	saudara kandung lelaki yang lebih muda dari ayah (paman)	03
shuā	刷	刷	（動）	menyikat; menggosok	04
shuā yá	刷牙	刷牙	（動）	menyikat gigi	04
shuāng	雙	双	（量）	dua buah; kembar; rangkap dua	08
shuǐ	水	水	（名）	air	07
shuì	睡	睡	（動）	tidur	02
shuì jiào	睡覺	睡觉	（動）	tidur	03
shuō	說	说	（動）	berkata	06
sǐ	死	死	（動）	mati; meninggal dunia	09

sì	四	四	（數）	empat	06, 07
sì zhǒng	四種	四种	（量）	empat jenis	05
T					
tā	他	他	（代）	dia (untuk pria & wanita)	01
tā	她	她	（代）	dia (untuk perempuan)	01
tā	它	它	（代）	dia (untuk hewan dan benda)	01
tā men	他們	他们	（代）	mereka	01
tà	踏	踏	（動）	menginjak	07
tǎng	躺	躺	（動）	berbaring; merebahkan diri; bersandar ke	06
táo	逃	逃	（動）	melarikan diri; meloloskan diri	06
tiān	天	天	（名）	langit; angksa	09
tiān qì	天氣	天气	（名）	cuaca	05
tiān shàng	天上	天上	（名）	langit; angkasa	07
tiáo	條	条	（量）	kata bantu bilangan untuk ikan, ular, benda berbentuk batangan, jalan, celana dsb	07
tiào	跳	跳	（動）	melompat; meloncat	06
tīng	聽	听	（動）	dengar	02
tóng	同	同	（形）	sama; serupa; bersama-sama	09
tóng xué	同學	同学	（名）	teman sekolah	03
tóu	頭	头	（名）	kepala	08
tóu fǎ	頭髮	头发	（名）	rambut	08
W					
wài shēng	外甥	外甥	（名）	keponakan lelaki dari adik dan kakak perempuan (keponakan)	03
wài shēng nǚ	外甥女	外甥女	（名）	keponakan perempuan dari adik dan kakak perempuan (keponakan)	03
wài zǔ fù	外祖父	外祖父	（名）	kakek dari pihak ibu (kakek)	03
wài zǔ mǔ	外祖母	外祖母	（名）	nenek dari pihak ibu (nenek)	03
wán	玩	玩	（動）	bermain; bersenang-senang	07
wèi	胃	胃	（名）	lambung	08
wén	聞	闻	（動）	mencium; membau	06
wǒ	我	我	（代）	saya	01, 03
wǒ men	我們	我们	（代）	kita; kami	01

wò	握	握	（動）	memegang; berjabat (tangan); menggenggam	09
wū zi	屋子	屋子	（名）	rumah	07
wú	無	无	（形）	tanpa	08
wú míng zhǐ	無名指	无名指	（名）	jari manis	08
wǔ	五	五	（數）	lima	06, 07
wǔ cān	午餐	午餐	（名）	makan siang	03
wù	物	物	（名）	benda; zat	08

X

xǐ	洗	洗	（動）	cuci, mencuci	02, 04
xǐ liǎn	洗臉	洗脸	（動）	mencuci muka	04
xǐ zǎo	洗澡	洗澡	（動）	mandi	04
xiā	蝦	虾	（名）	udang	07
xià	下	下	（動）	menyatakan dari bagian tinggi ke bagian rendah; bagian bawah	05
xià jì	夏季	夏季	（名）	musim panas	05
xià xuě	下雪	下雪	（動）	turun salju	05
xià yǔ	下雨	下雨	（動）	hujan	09
xiān	先	先	（副）	terlebih dahulu	02
xiān zǒu yí bù	先走一步	先走一步	（固定）	jalan atau berangkat dulu	02
xiàn zài	現在	现在	（名）	sekarang	02
xiǎng	想	想	（動）	ingin; berpikir	06
xiàng	像	像	（動）	mirip; seperti	07
xiǎo	小	小	（形）	kecil	08
xiǎo cháng	小腸	小肠	（名）	usus kecil	08
xiǎo zhǐ	小指	小指	（名）	kelingking	08
xiào fú	校服	校服	（名）	seragam sekolah	04
xiě	寫	写	（動）	menulis	06
xiè	謝	谢	（動）	layu	05
xiè xie	謝謝	谢谢	（動）	terima kasih	02
xīn	心	心	（名）	hati	02, 04
xīn zàng	心臟	心脏	（名）	jantung	08
xiōng	胸	胸	（名）	dada	08
xiōng dì	兄弟	兄弟	（名）	kakak beradik lelaki	01

xué shēng	學生	学生	（名）	pelajar	01
xué xiào	學校	学校	（名）	sekolah	01

Y

yá chǐ	牙齒	牙齿	（名）	gigi	08
yán sè	顏色	颜色	（名）	warna	09
yǎn jīng	眼睛	眼睛	（名）	mata	08
yǎn jìng	眼鏡	眼镜	（名）	kaca mata	06
yáng	羊	羊	（名）	kambing	07
yāo	腰	腰	（名）	pinggang	08
yào	要	要	（助）	mau; ingin	06
yě	也	也	（副）	juga	01
yè zi	葉子	叶子	（名）	daun	07
yī	衣	衣	（名）	baju	04
yī	一	一	（數）	satu	06, 07
yī fú	衣服	衣服	（名）	pakaian; busana	04
yí dìng	一定	一定	（形）	pasti	02
yí duì	一對	一对	（量）	sepasang	08
yí yàng	一樣	一样	（形）	sama; seperti	09
yì qǐ	一起	一起	（副）	bersama-sama	01
yì shuāng	一雙	一双	（量）	sepasang	08
yì zhī	一隻	一只	（量）	seekor	01
yīn wèi	因為	因为	（連）	karena; sebab	05
yín	銀	银	（名）	perak	09
yīng gāi	應該	应该	（副）	harus; mesti	04
yòng	用	用	（動）	menggunakan	04
yòng xīn	用心	用心	（動）	tekun; menaruh seluruh perhatian	04
yǒu	有	有	（動）	ada; memiliki	02
yǒu méi yǒu	有沒有	有没有	（固定）	ada atau tidak ada; ada 'nggak	06
yǒu xiē	有些	有些	（指示）	ada sejumlah; terdapat sejumlah	05
yú	魚	鱼	（名）	ikan	07
yǔ	雨	雨	（名）	hujan	05
yǔ jì	雨季	雨季	（名）	musim hujan	05
yǔ sǎn	雨傘	雨伞	（名）	payung	06
yǔ tiān	雨天	雨天	（名）	hari hujan	06
yǔ yī	雨衣	雨衣	（名）	baju hujan	06

yuàn zi	院子	院子	（名）	pekarangan; halaman	04
yuè	月	月	（名）	bulan; rembulan	05
yún	雲	云	（名）	awan	07

Z

zài	在	在	（動）	di (menyatakan lokasi)	01
zài	在	在	（副）	menyatakan suatu perbuatan sedang berlangsung	02
zài	再	再	（副）	lagi	02
zài jiàn	再見	再见	（固定）	sampai jumpa	02
zǎo	早	早	（形）	pagi	02
zǎo ān	早安	早安	（名）	selamat pagi	02
zǎo cān	早餐	早餐	（名）	sarapan; makan pagi	03
zhàn	站	站	（動）	berdiri	06
zhāng	張	张	（量）	kata bantu bilangan untuk ranjang, meja, kursi, kertas dsb	07
zhàng fū	丈夫	丈夫	（名）	suami	03
zhǎo	找	找	（動）	mengunjungi; ingin menemui; mencari	06
zhào gù	照顧	照顾	（動）	menjaga; memberi perlakuan istimewa	08
zhè	這	这	（代）	ini	01
zhè yàng	這樣	这样	（代）	demikian; begini; dengan cara ini	04
zhèn yǔ	陣雨	阵雨	（名）	hujan yang turunnya hanya sebentar	06
zhèr	這兒	这儿	（代）	sini	05
zhī	隻	只	（量）	kata bantu bilangan untuk hewan berkaki, kapal laut dsb	07
zhí ér	侄兒	侄儿	（名）	keponakan lelaki dari adik dan kakak lelaki (keponakan)	03
zhí nǚ	侄女	侄女	（名）	keponakan perempuan dari adik dan kakak lelaki (keponakan)	03
zhǐ	紙	纸	（名）	kertas	07
zhǐ yǒu	只有	只有	（副）	hanya ada; hanya mempunyai	05
zhōng	中	中	（形）	tengah	08
zhōng zhǐ	中指	中指	（名）	jari tengah	08
zhǒng	種	种	（量）	jenis	05
zhòng yào	重要	重要	（形）	penting	08
zhuī	追	追	（動）	mengejar; memburu; mengusut	06

zhuō	捉	捉	（動）	menangkap; memegang	06
zǐ	紫	紫	（名）	ungu	09
zǒu	走	走	（動）	jalan; berjalan	02
zǔ fù	祖父	祖父	（名）	kakek dari pihak ayah (kakek)	03
zǔ mǔ	祖母	祖母	（名）	nenek dari pihak ayah (nenek)	03
zuǐ	嘴	嘴	（名）	mulut	08
zuǐ chún	嘴唇	嘴唇	（名）	bibir	08
zuò	做	做	（動）	mengerjakan; membuat	04, 08
zuò	坐	坐	（動）	duduk; naik atau menumpang (alat transportasi)	06
zuò hǎo	做好	做好	（動）	mengerjakan sampai tuntas; menyelesaikan	04

167

國家圖書館出版品預行編目

印尼初級華語課本 / 宋如瑜等著. -- 一版. --
臺北市：秀威資訊科技, 2007- [民 96-]
冊； 公分. - -（學習新知類；AD0006）

含索引
ISBN 978-986-6909-84-9 (第 1 冊：平裝)

1.中國語言 – 讀本

802.86　　　　　　　　　　96010959

 學習新知類　AD0006

印尼初級華語課本（第一冊）

作　　者 / 宋如瑜　黃兩萬　林相君　蔡郁萱　蘇家崢
　　　　　蔡佩妏　姚淑婷　林孝穎
發 行 人 / 宋政坤
執行編輯 / 林世玲
圖文排版 / 郭雅雯
圖文插畫 / 李青芸　陳盈臻
封面設計 / 莊芯媚　李青芸
數位轉譯 / 徐真玉　沈裕閔
圖書銷售 / 林怡君
法律顧問 / 毛國樑　律師
出版發行 / 秀威資訊科技股份有限公司
　　　　　臺北市內湖區瑞光路 583 巷 25 號 1 樓
　　　　　電話：02-2657-9211　　　傳真：02-2657-9106
　　　　　E-mail：service@showwe.com.tw

2007 年 7 月 BOD 一版
2008 年 6 月 BOD 二版
定價：250 元

讀 者 回 函 卡

感謝您購買本書,為提升服務品質,請填妥以下資料,將讀者回函卡直接寄回或傳真本公司,收到您的寶貴意見後,我們會收藏記錄及檢討,謝謝!
如您需要了解本公司最新出版書目、購書優惠或企劃活動,歡迎您上網查詢或下載相關資料:http:// www.showwe.com.tw

您購買的書名:＿＿＿＿＿＿＿＿＿＿＿＿＿＿＿＿＿＿＿＿＿＿＿＿

出生日期:＿＿＿＿＿年＿＿＿＿＿月＿＿＿＿＿日

學歷:□高中 (含) 以下 　　□大專 　　□研究所 (含) 以上

職業:□製造業 　□金融業 　□資訊業 　□軍警 　□傳播業 　□自由業
　　　□服務業 　□公務員 　□教職 　　□學生 　□家管 　□其它＿＿＿＿

購書地點:□網路書店 　□實體書店 　□書展 　□郵購 　□贈閱 　□其他

您從何得知本書的消息?

　□網路書店 　□實體書店 　□網路搜尋 　□電子報 　□書訊 　□雜誌

　□傳播媒體 　□親友推薦 　□網站推薦 　□部落格 　□其他＿＿＿＿＿＿

您對本書的評價:(請填代號 　1.非常滿意 　2.滿意 　3.尚可 　4.再改進)

　封面設計＿＿＿ 　版面編排＿＿＿ 　內容＿＿＿ 　文／譯筆＿＿＿ 　價格＿＿＿

讀完書後您覺得:

　□很有收穫 　□有收穫 　□收穫不多 　□沒收穫

對我們的建議:＿＿＿＿＿＿＿＿＿＿＿＿＿＿＿＿＿＿＿＿＿＿＿＿＿

＿＿＿＿＿＿＿＿＿＿＿＿＿＿＿＿＿＿＿＿＿＿＿＿＿＿＿＿＿＿＿＿＿

＿＿＿＿＿＿＿＿＿＿＿＿＿＿＿＿＿＿＿＿＿＿＿＿＿＿＿＿＿＿＿＿＿

＿＿＿＿＿＿＿＿＿＿＿＿＿＿＿＿＿＿＿＿＿＿＿＿＿＿＿＿＿＿＿＿＿

11466
台北市內湖區瑞光路 76 巷 65 號 1 樓

秀威資訊科技股份有限公司　　　收

BOD 數位出版事業部

....

（請沿線對折寄回，謝謝！）

姓　　名：_____　年齡：_____　性別：□女　□男

郵遞區號：□□□□□

地　　址：_____

聯絡電話：(日) _____ (夜) _____

E-mail：_____